I0612858

cipe il faut dire que la grace de
ſus-Chriſt a été plus abondante c
l'immaculée Conception de la ſainte V
ge, que dans le reſte des pures creati
Que la nature humaine a été plus he
rée par l'immaculée Conception d
ſainte Vierge , que par tout le reſte
pures creatures ; que l'orgueil du de
a été plus honteuſement humilié
l'immaculée Conception de la ſ
Vierge, que par tout le reſte des ﬡ
creatures. Ainſi dés ce premier mo
elle peut dire que perſonne ne lui
imputer aucun peché. Ce n'eſt pas J
Chriſt , puiſque ſa miſericorde l'a
reuſement prévenuë. Ce n'eſt pas A
puiſque dés ce premier moment elle
çu l'avantage de la grace qu'il avoi
duë. Ce n'eſt pas le demon , puiſqu
ce premier moment elle lui a écraſé l
& l'a entierement vaincu.   p. 5.

Preuves du premier Point.

Quoi que Marie ait été rachetée
bien que le reſte des creatures; cepe
elle n'a pas été rachetée comme elle
c'eſt en quoi la force de la grace d
ſus-Chriſt s'eſt particulierement fai
p. 9. bien loin d'avoir perdu par là
que choſe de ſes droits ; elle les a r
pliés & étendus. 10. &c. Le ſang d
ſus-Chriſt qui n'avoit pas encore é
pandu, a eu une vertu anterieure
preſerver ſa mere future. 13, & ſu
parce que la grace n'eſt jamais plus
dante , & qu'une creature n'eſt

LA JUIVE,

OU

L'ALSACE AU XIV.ᵉ SIÈCLE.

II.

A BEAUVAIS, DE L'IMPRIMERIE DE MOISANE,

LA JUIVE,

OU

L'ALSACE AU XIV.e SIÈCLE

ROMAN HISTORIQUE.

> Pourquoi la lumière a-t-elle été don-
> née à un misérable, et la vie à ceux
> qui sont dans l'amertume du cœur.
>
> JOB.

TOME SECOND.

A PARIS,

CHEZ MASSON, LIBRAIRE,
RUE HAUTEFEUILLE, N° 14.

1824.

Aussitôt l'empereur est introduit
dans la chaumière ; il envisage le
sauvage inconnu , et s'aperçoit qu'il
a le corps sanglant , les épaules dé-
chirées. — Qu'est-ce donc que ce
sang qui ruissèle de ta poitrine ? Ex-
plique-moi qui tu es! ce que je vois ?
— Téméraire , réplique celui-ci , tu
n'es pas flagellant , et tu prétends
connaître leurs mystères ! qu'il te
suffise d'avoir partagé mon pain , bu
dans ma coupe , reposé sous mon
toit. Ce n'est plus ici comme à la
cour , où de lâches flatteurs devinent
tes pensées et rampent devant tes
desirs. Oh ! non , Louis , tu n'es que
mon égal , et tu as même besoin de
moi : conviens qu'un prince est bien

peu de chose, et rappelle-toi un jour les paroles d'Hariadan. —Tu serais Hariadan? n'as-tu pas fréquenté mon palais; il me semblait t'avoir vu quelque part. — Alors j'étais ton humble serviteur, j'encensais ta grandeur; mais maintenant j'ai laissé les adulateurs s'avilir et tu me trouves libre; naguère j'étais ton esclave, aujourd'hui tu m'obéirais peut-être.—Hariadan, quel est donc ce changement qui s'est opéré en toi? ton langage m'étonne; ta conduite est plus surprenante encore. Mais.... permets que je porte ces alimens...— laisse-la mourir s'écrie Hariadan! — Ah! n'est-il pas du devoir de l'homme de sauver son semblable? — Mais une femme? — Eh bien, elle est plus

faible encore que nous, elle est plus
digne de compassion.—Peux-tu prendre pitié de celle que le ciel ré-
prouve. — Dieu ne condamne aucun
des êtres qu'il a créés. Hariadan si tu
veux être hospitalier, accorde-moi
quelque nourriture.... Eh! que t'importe à qui je la destine! »

Hariadan se tait : puis il s'écrie —
Mon sang coulera donc encore au-
jourdhui! » A ces mots, pendant que
Louis vole à Joanna, il saisit un
fouet armé de pointes de fer et se
fustige tout le corps en chantant des
cantiques à la gloire de Dieu.

— Ciel! pourquoi ce sang ? — Tu
m'as fait pécher, dit le flagellant, et
j'ai expié mon crime involontaire. —
A Dieu ne plaise ! Quelle est donc

cette atroce coutume ? — Je suis flagellant répète Hariadan avec force ;
bien d'autres m'imitent ; bien d'autres marcheront sur nos pas. Si tu
veux être initié commence par t'é-
prouver. — Je te remercie ; j'adore
Dieu sans tous ces simulacres de
piété. Je crois même qu'ils déplaisent
à celui qui n'aime que la douceur et
l'humilité.

— Et cette femme, demanda Hariadan, en évitant de répondre aux
discours de l'Empereur. — Elle commence à se ranimer, il y avait longtems qu'elle n'avait mangé, m'a-t-elle
dit. Viens la voir : tu auras sans
doute pitié de ses larmes. — Oh ! que
me proposes-tu ! approcher de l'abîme
où s'engloutit l'honneur et la vertu,

Va, va, Louis ! depuis que tu m'as parlé, je frissonne d'horreur ; éloigne-toi de cette cabane. Tiens, voici des vêtemens, un casque, des armes ; voici du pain et des fruits : pars, et laisse-moi pleurer en paix. — Mais pour aller à Colmar, quelle route dois-je suivre ? — Cotoie la Thor Jusqu'à sa jonction à l'Ill ; c'est là qu'est Horbourg et le chemin de Colmar. Adieu ! toujours tout droit ! Adieu, Louis, mon maître et mon égal ! »

L'empereur accepte les offres du flagellant ; il se revêt d'une casaque fourrée, attache à ses pieds des souliers en peau de loutre, jette sur ses épaules un manteau de laine grossière, et court retrouver Joanna qui

2*

l'attendait dans une immobilité effrayante. — Ma fille, lui dit-il, te sens-tu le courage de me suivre à Colmar? — A Colmar, répète l'orpheline avec joie : oh! du moins là, je pourrai respirer un moment. — Nous y serons bientôt; mais pendant notre marche, conte-moi tes malheurs; tu m'intéresses, je veux faire ton bonheur.

— O vous que je ne connais pas! mon guide! mon bienfaiteur! ayez compassion d'une femme que des méchants proscrivent. Je ne sais qui vous êtes; mais votre air de bonté me donne la force de vous révéler mon secret... je suis juive! — Eh crois-tu que ce titre te rende moins intéressante? — Ah! monseigneur, ne

suffit-il pas pour paraître criminelle
à vos yeux ! — Non, ma fille, non,
j'ai toujours été le protecteur de ton
culte ; non, tu n'es pas coupable,
parce que tu es juive ! Voilà donc
pourquoi tu fuis le monde ? voilà la
cause de tes chagrins ? — Oui, seigneur ! mais hélas ! c'est peu d'a-
dorer un Dieu que l'on a proscrit ; un
barbare m'a ravi mon père ; il a pro-
fité de mon désespoir... de ma faiblesse !...

— Grand Dieu ! s'écria le monarque en levant les mains au ciel, se
peut-il que l'homme soit ainsi per-
fide ? Ecoute Joanna, je n'ai que
trop compris l'excès de ton malheur ;
mais je suis ici pour te venger. Dis-moi,
connais-tu celui qui t'a outragée ? »

Joanna garda le silence, elle crai-
gnait d'accuser le comte Jean. — Tu
me caches son nom ? tu te défies de
ma bonne foi ? — Eh ! que lui feriez-
vous , s'écria-t-elle en tremblant ? —
Les armes à la main , je le forcerais à
t'épouser, s'il est libre de cœur et de
conscience. — Il l'est répondit Joanna,
mais je ne suis qu'une pauvre juive !
— Il est donc noble ? il a donc du re-
nom ? — Il a tout ce qu'il faut pour
briller :   gloire ,   honneur ,   puissance ?…. »

Louis la pressa encore davantage
de lui nommer son séducteur. Elle
céda à ses instances , et lui montrant
Ribeaupierre , dont on apercevait
au loin les tours élevées : Il est là-
bas ! c'est le fameux comte Jean !…

Jugez, seigneur; jugez si ce superbe châtelain voudra jamais s'unir à la malheureuse Joanna..... d'ailleurs, ajouta-t-elle, je n'en ai pas la prétention ?...

— Et sais-tu qui je suis, demanda Louis ? j'ai plus de pouvoir que le comte Jean, je l'accablerai d'un regard. — Qui donc êtes-vous, ô mon seigneur ? — On m'appelle Louis, et c'est ce Louis roi de Bavière, empereur des Germains qui se déclare ton appui ! »

Joanna tombe à genoux à ses paroles ; mais, la relevant avec une douce majesté : « Quand tu me croyais un simple gentilhomme, tu m'appelais ton père ; donne-moi toujours ce nom : les titres ne changent pas mon

cœur, et je te jure que le traître Jean
t'épousera ou expiera ses felonies.
Mais hâtons-nous de regagner Colmar. Sous ce costume, oseras-tu bien
me suivre? il te faut du courage, et
tu es si timide!

— Ah! prince.... il est vrai que jamais je n'aurai la force de vous ac-
compagner à la cour; élevée dans la
solitude, je rougis devant les hommes,
et je crains leurs regards. Laissez-moi
seule, errer; sans doute Dieu ne m'a-
bandonnera pas! — Que dis-tu? penses-tu que je t'oublierai, Joanna?
Viens avec moi, ma fille; je te pro-
mets des jours heureux! Allons, par
ici, ne quittons pas le rivage. »

Faible et accablée de lassitude, l'orpheline s'efforçait de suivre l'empe-

reur. Elle marchait derrière lui pour qu'il ne la vît pas pleurer.

— Voilà Colmar, s'écria Louis, après de longs détours dans les buissons épineux, au travers des lianes de clématite qui forment, sur le bord de la Thor, des voûtes, des grottes, artistement entrelacées. — C'est Colmar! redit après lui Joanna avec une expression de tristesse qui témoignait ses inquiétudes.

— Encore un moment de patience, et nous serons à la porte Theinheim.

— Oui, dit Joanna ; mais qui prendra pitié de moi dans cette ville? qui me donnera un asile... ici les arbres me prêtent leur ombrage, la mousse forme mon lit; mais chez vous?....

— De par Dieu et saint Martin (4),

crois-tu que donc que je t'oublierai!
sois tranquille, ô ma fille! je dirai
un mot, et tu verras les portes s'ouvrir pour te recevoir. »

Tout-à-coup un bruit affreux de
guerre et de mort frappe l'oreille du
monarque; il écoute et s'aperçoit que
les cris d'alarmes partent de Colmar!
Il découvre au loin des bataillons,
des tentes, des drapeaux. Voilà les
enseignes du comte de Ribeaupierre,
voilà les paysans d'Armleder. Mais
que font-ils? ils assiègent Colmar. Et
qu'est-ce donc que ces flammes qui
s'élèvent si tristement d'un bucher?
Eh! bien, Joanna, c'est là que tes
frères expirent; et peut-être leurs
dernières plaintes sont-elles arrivées
jusqu'à toi!

∿∿∿∿∿∿∿∿∿∿∿∿∿∿∿∿∿∿∿∿∿∿∿∿∿

CHAPITRE VIII.

———

> Mêlez-vous parmi eux, et pour
> les perdre, employez tour à tour et
> la ruse et la force.
>
> TASSE. (*Jérusalem délivrée.*)

CEPENDANT Marguerite, conseillée
par Urgan, a convié les seigneurs de
sa cour à un banquet splendide,
sous prétexte de se réconcilier avec
eux, mais bien plutôt pour détourner leur attention et favoriser l'ap-

2.   3

proche du comte de Ribeaupierre.
Habile à feindre, à déguiser ses pensées, elle cache, sous un air riant, la
crainte mortelle qui la trouble : elle
affecte une hilarité qui n'est pas dans
son cœur.

Soudain on vient annoncer que
Colmar est investie ; qu'Armleder
est sous ses murs, que le prince Jean
se prépare à l'assaut. — des traîtres,
ajoute-t-on, voulaient livrer la ville,
mais ils ont été prévenu par la vigilance du gouverneur » : c'était le seul
qui n'assistait point au festin de l'impératrice. A cette nouvelle les princes
se lèvent en sursaut. —Jean est devant
Colmar ! Nous sommes trahis ! aux
armes ! ». Et chacun saisit son casque,
tire son glaive du fourreau et se rend
à son poste,

Marguerite, restée seule, frémit de rage. — Eh! quoi, se dit-elle, ils se sont laissés surprendre! nous échouons encore. Il est temps que j'emploie la force et la violence; je veux moi-même agir, commander, diriger!....»

Urgan se présente tout-à-coup devant elle. Il porte un casque d'airain bruni; un panache de héron s'agite sur son cimier; ses yeux brillent d'un feu cruel. — Madame, dit-il à l'impératrice, Colmar était au pouvoir des assiégeants, si le comte Albert avait pris place à votre table, mais ses espions nous avaient deviné; nous avons été surpris, et je n'ai eu que le temps de donner avis au prince Jean que nous étions découverts. Ne

perdons point courage pour un simple revers ; le peuple nous reste et
vous est attaché. Ce soir, je porterai
le dernier coup à vos ennemis ; il y
aura du sang de versé, mais il le
faut pour votre tranquillité. Apprenez que l'on trame de nouveau contre vous ; le gouverneur vous accuse
et vous cite encore une fois au con-
seil suprême ; il dit que vous avez
trahi votre époux, que vous proté-
gez les croisés, qu'il n'est point de
perfidies dont vous n'usiez pour les
soutenir. Des témoins ont parlé, des
délateurs ont été entendus ; l'arrêt
est rendu qui vous condamne à l'exil.
Dans un instant vous verrez les gardes d'Albert assiéger votre palais :
mais ne craignez rien, je défendrai

votre liberté à la tête de six mille
braves ; ils verront après cela qu'il
vous reste des sujets zélés , prêts à
mourir pour leur princesse. »

Marguerite pâlit et s'alarme ; toutes
ses résolutions tombent à l'approche
du danger, son énergie l'abandonne,
et elle perd connaissance. Revenant
à elle peu à peu : — Gyneth ! auras-
tu bien la force de me suivre ? viens,
viens, fuyons. — Ah ! madame , où
voulez-vous aller ? — Je ne le sais....
mais partons. Ils approchent, ils vont
s'égorger !... entends-tu... on monte
à mes appartements ; nous sommes
perdues ! »

Au même instant des voix farou-
ches s'élèvent de tous côtés, les portes sont enfoncées ; Albert, l'épée

3*

nue, se présente devant l'impératrice : les gardes s'avancent pour l'en-
tourer.

Mais des clameurs terribles frappent les airs ; une foule de citoyens
armés de massues et de glaives, se
précipite sur les soldats du gouverneur, les renverse, les massacre et
délivre Marguerite, en répétant : «Elle
est notre protectrice ! nous la venge-
rons! nous serons toujours ses défenseurs? »

Albert, contraint de reculer, oppose cependant de la résistance à ses
nombreux adversaires. Il s'empresse
de rassembler les troupes, qui ne
combattent point sur les remparts ; il
double les postes, fait prendre les
armes à tous ses chevaliers, et le dé-

sespoir dans l'âme, il vole aux cré-
naux où Jean s'efforce de parvenir. —

Les désordres s'accroissent ; les corporations réunies se sont rangées sur
la place d'armes, en jurant de livrer
Colmar aux croisés. Urgan triomphe ;
il envoie son page donner avis à
Marguerite des événemens et du succès qui les couronne. Aussitôt cette
princesse, transportée d'allégresse,
appelle ses écuyers. — Armez-vous,
préparez-vous à recevoir notre allié,
le noble et illustre seigneur de Ribeaupierre. Dans une heure, il sera
maître de Colmar ! » Elle appelle ses
femmes et leur commande de la parer
de ses plus riches atours.

— Il va venir ! se disait-elle. Hélas!

oui, je sens que je l'aime! mais il a
bien mérité ma tendresse! »

Elle s'entretenait avec ses compa-
gnes, et leur demandait des nouvelles
de l'assaut. — Albert, lui disait-on,
avait de sa seule présence ranimé ses
guerriers, et mis les assaillants en
déroute ; le combat avait été sanglant et opiniâtre ; un grand nombre
de preux étaient restés morts sur les
remparts ; le gouverneur lui-même
était blessé. Un des fossés avait été
comblé, et le comte Jean, quoique
vaincu, occupait ses positions dans
le ferme dessein de s'emparer de
Colmar. »

Marguerite, à ces discours, paraissait agitée, tremblante : elle pâ-
lissait et se ranimait tour à tour,

Enfin elle fit appeler Urgan ; et ils s'entretinrent longtemps ensemble du succès de leur entreprise.

Cependant cet homme intrépide avait soulevé les habitans contre les gardes du gouverneur. — Quoi, leur dit-il, souffrirez-vous toutes les horreurs de la guerre pour sauver de misérables juifs ! Non, non, Marguerite est juste ! elle ne désire que la paix. C'est parce que l'on sait qu'elle respecte vos intérêts, qu'on a voulu l'enlever. Mais vous égorgerez ses oppresseurs, le comte Albert et tous les hérétiques qui vous plongent dans les calamités.» A ces propos, la multitude fanatisée, répétait avec acclamation : — Nous égorgerons les hérétiques! oui, nous les égorgerons! »

Les soldats n'inspiraient plus aucune crainte. On allait éclater : Albert redoutait une sédition. Malgré ses blessures, il convoqua tous les grands feudataires de la couronne, et leur exposa ses inquiètudes.

« Nous avons l'impératrice contre nous, ajouta-t-il. Le peuple s'est porté à ses appartemens aux cris unanimes de vive Marguerite! Cette femme astucieuse et politique, entretient un esprit de fermentation parmi les citoyens ; elle a, vous le savez, des relations secrètes avec les assiégeans. Il faut donc terminer toutes ces dissensions, en frappant leur auteur. Prenons un parti violent qui soit à notre honneur, et déjoue la perfidie. Nous risquons, en perdant du temps, de devenir les victimes de notre zèle pour le bien public. Vous voyez Jean s'affermir et préparer des machines nombreuses contre Colmar; vous entendez les murmures des séditieux soudoyés par l'impératrice. Hâtons-nous de nous prémunir contre les dangers et les événemens : qu'une sortie adroite renverse les retranchemens, les ouvrages et les travailleurs du dehors. Après cela, que les mutins s'éloignent, Marguerite avec eux. Nous verrons, une fois tranquilles à l'intérieur, si un ramas de factieux sans discipline, triomphera des vieux chevaliers de l'Alsace. »

Le discours d'Albert fut vivement applaudi. Berthold après lui, se leva et prit la parole. — Seigneurs, dit-il, je ne sais pourquoi tout m'annonce que nous sommes à la veille de grands fléaux. Le ciel doit nous châtier, parce que nous avons toléré des crimes inouïs; mais au moment de nous abîmer devant le Seigneur des miséricordes, pourquoi faut-il que j'aie à regretter notre pieux et malheureux empereur Louis, dont la disparution a plongé l'Alsace dans la stupeur, lui seul pouvait rendre la paix à son pays, et calmer les mécontens; mais il est tombé, cet homme juste, et Dieu a frémi qu'une tête couronnée ait été le jouet d'infâmes assassins. Vous abandonnez vos rois, a-t-il dit dans sa colère, je vous abandonne à mon tour. Eh! voyez que de jours d'alarmes se sont succédés, depuis la perte de ce prince. Nous connaissons les criminels, et nous souffrons qu'ils respirent! nous avons l'évidence du forfait, et nous n'avons pas encore châtié les coupables! Grand Dieu! ne laissons plus les méchants dans l'impunité; élevons la voix, frappons, parce que nous en avons le droit! »

Le saint évêque va continuer; mais on vient annoncer que Colmar est révolté. Albert vole trouver ses gardes : partout il entend des clameurs confuses. Le peuple aigri, soulevé, court dans les rues en menaçant de massacrer le gouverneur, s'il ne pro-

2. 4

met de traiter avec Jean. — Le seigneur de Ribeaupierre est notre allié ! ouvrez-lui les portes ! nous ne
sommes pas ses ennemis ! nous ne
voulons plus de guerre ! »

— Rebelles ! leur crie Albert, je vous
ordonne de vous retirer ; un seul
mot encore, et j'userai de la rigueur
des lois ! » Mais il n'est pas écouté. La
corporation des bouchers, les bras
sanglants, armée de couteaux et de
haches, s'avance et répète ce que la
foule ameutée avait déjà dit. Le gouverneur, environné de séditieux,
reste calme.

— Vous voulez traiter avec vos ennemis ! que vous en reviendra-t-il ?
oubliez-vous qu'ils ne sont que d'im-
pitoyables fanatiques ? — Arrêtez !

arrêtez le gouverneur, s'écrie un des plus acharnés de la troupe en brandissant son cimeterre ; vous le voyez, il protège les juifs ! il veut prolonger la guerre ! »

Mais Albert a le temps de faire avancer ses chevaliers ; leur présence dissipe les mécontents. Ils s'enfuient en vociférant, et préludent à leurs exploits par le massacre d'un vieillard juif, qu'ils arrachent de sa maison, et qu'ils traînent par les cheveux sur la place.

Michel, le chef des bouchers, le zélé partisan d'Urgan, prononce à haute voix une harangue dans laquelle il engage ses amis à soutenir leur cause. Il propose d'aller, sans plus tarder, abattre les portes pour introduire leurs alliés. Les bateliers, les vignerons répondent avec enthousiasme à cet audacieux projet ; ils se forment en épaisse cohorte, et comme des furieux, s'avancent en chantant vers la porte Karchée.

Cette résolution effraie le gouverneur : il envoie des troupes pour couper le passage aux rebelles ; il charge un de ses lieutenans de leur proposer un accommodement ; mais ses conditions ne conviennent point à ces forcenés : ils exigent qu'on leur ouvre les portes.—Eh ! quoi, dit Michel aux siens, en voyant les chevaliers d'Albert, une poignée de lâches vous arrêtera-t-elle, camarades ? Apprenons-leur qui nous sommes, et mourons plutôt que de nous rendre ! »

Aussitôt il marche, suivi de cent de sa tribu, contre ses adversaires, et engage le combat. Le bruit des épées les plaintes des blessés, les cris des deux partis, remplissent tout Colmar, et parviennent jusqu'à Marguerite.

Les femmes, les enfans saisissent des armes, et se joignent à leurs époux, à leurs pères. D'un autre côté, Albert envoie de nouveaux renforts à sa troupe; il déplore la nécessité qui le force à résister à des citoyens : il voudrait les pacifier ; mais le sang coule, et l'on est sourd à sa voix.

Six mille paysans ont bientôt accablé et renversé le petit nombre de guerriers qui les arrête ; Albert lui-même, atteint d'un coup de faux, est désarmé ! — Victoire ! répètent les vainqueurs en mugissant. » Michel s'élance soudain à la herse, il la soulève ; ses frères ébranlent la porte Karchée, ils en font sauter la serrure ; le pont levis tombe, et la voûte retentit du bruit confus de la populace qui s'écoule hors de Colmar comme un torrent.

D'abord Jean s'alarme et craint une sortie des assiégeans : il envoie des védettes reconnaître les ennemis ; il forme ses bataillons et s'apprête à mourir ; mais il ne tarde pas à savoir que Colmar lui ouvre ses portes ; que les habitans se sont ameutés, qu'ils ont exterminé leurs tyrans. A cette nouvelle le châtelain lève les bras vers le ciel : « Eh quoi ! tu me protèges donc, ô mon Dieu ! tu ne m'as pas abandonné ! »

Anssitôt il partage son armée en deux colonnes : les preux marchent à la tête ; les paysans suivent, guidés par Armleder, précedés des corporations qui rentrent dans la ville en dansant, en poussant d'affreux hurlemens. Les croisés s'avancent en bon ordre sur la place d'armes, qu'ils couvrent de leurs bataillons.

Jean se hâte de se rendre au palais de Marguerite : l'amour l'appelle aux pieds de cette fière princesse ; il arrive dans ses appartemens. A l'aspect de son casque, de ses armes, les pages, les varlets s'écrient : « Vive le comte Jean! honneur à son courage!»

Marguerite l'aperçoit et tressaille!
Le châtelain fléchit un genou devant elle, et déposant son épée en
ses mains : — Madame, lui dit-il, per-
mettez à votre dévoué sujet de vous
rendre le glaive qu'il n'avait tiré qu'à
votre seule gloire. Le succès a comblé notre espoir : voici le jour si long-
temps désiré. Nous avons eu quelques revers, mais la victoire a récom-
pensé nos efforts. Régnez en paix,
maintenant, vous êtes maîtresse sou-
veraine; vous avez des serviteurs fidèles, et je serai toujours un des premiers défenseurs de votre auguste
cause.

— Comte, répliqua Marguerite en
lui présentant la main, je n'ai point
perdu le souvenir de ce que vous fîtes

pour moi.... de tous temps, je me suis plue à vous distinguer entre la noblesse de ma cour, comme un des plus vaillans et des plus estimables. »

L'émotion qu'elle éprouvait ne lui permit pas de continuer. Urgan fut l'interprète de ses pensées : il apprit au comte de Ribeaupierre ce qui s'était passé dans Colmar pendant qu'il campait sous ses murs. Il l'engagea à faire arrêter le gouverneur, l'évêque Berthold, le duc d'Autriche et tous ceux qui s'étaient constamment opposés aux factieux.

Jean se lève à ces mots. —Ne perdons pas de temps, s'écrie-t-il ; la ville est en désordre, les traîtres pourraient s'enfuir à la faveur du tumulte. —Oui, répart Marguerite, allez ré-

tablir la tranquillité ; votre présence
est nécessaire pour en imposer à tant
de guerriers.... Demain nous nous reverrons, et le secret de mon cœur
vous sera connu. »

Le châtelain, tout occupé des char-
mes, des grâces de l'impératrice, re-
joignit ses chevaliers. Il les trouva,
buvant à la liberté, la tête échauf-
fée, la raison en délire. Il commanda
aux chefs de les réprimer, mais leurs
paroles furent inutiles. Partout les
postes étaient abandonnés, les ta-
vernes étaient remplies, et l'on n'en-
tendait que les clameurs confuses
d'une populace effrénée.

—Qu'avons-nous à craindre, di-
saient les soldats chancelants, il n'y
a plus d'ennemis ! pourquoi fermer

les portes ! nous sommes libres ! »

Jean se retire du milieu de ses troupes qui ne le connaissent plus ; il
cherche vainement à établir la discipline , à rallier quelques braves. On
lui présente une coupe ; on ne répond
à ses menaces qu'en lui versant à
boire.

Cependant Armleder s'est écrié :
« Mes amis ! il y a des juifs à Colmar !
terminons la fête par un feu de joie !
—Des juifs ! répètent les paysans furieux : livrez-nous les juifs ! » A ces
mots, les croisés se répandent dans la
ville ; les maisons sont pillées ; les
malheureux juifs surpris dans leurs
foyers, sont enlevés ; les fanatiques
forment un bucher de leurs corps
amoncelés , et y mettent le feu. La

flamme dévore leurs victimes. Ils
chantent, trépignent, applaudissent à
leurs gémissements douloureux. Ils
les insultent par des injures, les frappent de leurs lances, et ne cessent de
se réjouir que quand ces infortunés
ont disparu dans de noirs tourbillons
de vapeurs.

Enfin, accablés de débauches, en-
gourdis par le vin, ils s'endorment
confusément sur les places publiques.
Le bucher fume encore ; les cadavres
de ceux qui périrent dans la mêlée,
entre Albert et Michel, ensanglan-
tent les rues ; et l'orfraie, habitant
solitaire des tourelles de St.-Martin,
descend sur cette plage d'horreur, où
il dévore silencieusement sa proie.

~~~~~~

CHAPITRE IX.

Je tombe à tes genoux . . . .
Que j'obtienne de toi la fin de mes tourmens.

LA HARPE. (*Philoctète.*)

N'APPROCHEZ pas , n'approchez
pas, s'écrie Joanna en reculant de
terreur ; ce sont mes ennemis : voyez,
reconnaissez le drapeau de Ribeaupierre !

— Eh ! que font-ils , dit le monarque , que tout ce qu'il voit in-

2. 5

quiète et surprend ? Ils assiégeraient
Colmar !.... En effet, je distingue des
balistes (1), des aggers (2), des beliers (3). O malheureuse ville! pauvre
Colmar ! dois-tu crouler sous les efforts des méchants ! peut-être ren-
fermes-tu Marguerite : peut-être y
languit-elle dans la douleur, en re-
grettant son époux et sa puissance ;
car les perfides l'auront dépouillée
de tous ses droits. »

En parlant ainsi, Louis touchait
aux dernières lignes du camp. Tout-à-
coup deux chevaliers qui ne croyaient
pas être entendus, élèvent la voix.
L'empereur se tait et écoute.—Oui,
disait l'un, Marguerite nous attend;
c'est par ses ordres que nous voici
sous ces murs; elle nous ouvrira la

porte Karchée, comme elle en est convenue, et nous aurons une victoire facile. — Sans doute, répondit l'autre ; mais il paraît que nous avons des ennemis acharnés, et que Marguerite n'est pas sûre d'elle-même. La dernière lettre que vous reçûtes de sa main, nous apprend qu'elle est en butte aux poursuites du gouverneur. De la vigilance, seigneur, l'impératrice pourrait nous abandonner, et nous serions perdus. — Y penses-tu ? réfléchis-tu que Marguerite s'est liée à nous par les serments les plus sacrés ! elle est notre esclave, depuis le jour qui devait mettre Louis en notre pouvoir. Songe qu'elle nous craint ! qu'elle n'ose plus nous quitter. Eh ! te le dirai-je ? elle m'aime...

elle m'appelle à elle.... depuis long-
temps je méritai son amour.... Diras-
tu après cela que Marguerite peut
nous trahir ? » Les deux chefs s'éloi-
gnèrent ; ils s'entretenaient encore,
mais l'empereur ne put les comprendre.

Il est difficile de dépeindre l'éton-
nement, le trouble, dans lesquels
ces discours avaient jeté Louis. Il
avait reconnu le comte de Ribeaupierre ; et ce prince accusait Marguerite. Il était donc le jouet de
cette femme que tout-à-l'heure encore il plaignait, qu'il aimait, qu'il
croyait malheureuse. De tels soupçons
devaient être éclaircis ; mais à qui
s'adresser ? n'était-il pas au milieu de
ses ennemis !

« Tout-à-coup un vieux soldat, à longue barbe, au teint bruni, s'arrête devant le monarque : il reste immobile, la main sur son sabre, les yeux étincelans : — Quoi ! c'est vous ! ô mon prince ! ô mon noble et infortuné empereur ! vous avez donc échappé à la mort ! et c'est ici que je vous revois. » Le guerrier baise les genoux de Louis, il l'entraîne :—Dans ce lieu, personne ne nous aperçoit ; la sentinelle ne tourne point de ce côté, vous êtes sauvé. — Mon ami, je ne vous connais pas ! vous êtes cependant d'un parti contraire au mien ; expliquez-moi ce que je ne puis comprendre ! — Ah ! mon illustre prince, trop de dangers vous menacent ici pour que je m'entretienne

5*

paisiblement avec vous. Votre tête
est à prix ; vous étiez captif si vous
aviez fait un seul pas dans le camp,
car tous nos compagnons ont reçu
votre signalement. C'est le ciel qui
m'a conduit sur vos traces! il veille
sur vous! il ne vous délaissera jamais!... Dieu! j'entends l'appel! si
l'on nous surprenait, nous n'aurions
que la mort à attendre. Tenez-vous
caché dans ce taillis, jusqu'à l'assaut
qui va bientôt commencer ; je m'en-
fuirai vers vous pendant la mêlée ; et
Dieu me donnera les moyens de vous
sauver. »

Joseph partit sans attendre de ré-
ponse ; il rentre dans le camp, et
court à sa tente. Partout on parle de
combats ; partout on appelle l'assaut

à grands cris : les uns lacent leurs
cuirasses ; les autres préparent leurs
épées ou leurs traits ; de nombreux
travailleurs élèvent des monceaux de
terre en forme de remparts, d'où
l'on pourra dominer les murs de la
ville ; d'autres construisent des balistes énormes, des falariques (4),
tandis que les chefs délibèrent dans
le pavillon du comte Jean, et que les
rondes de garde parcourent la cam-
pagne pour observer les mouvemens
de l'ennemi.

Cependant Louis et Joanna s'é-
taient agenouillés au pied d'un chêne :
ils priaient tous deux ce bon père qui
ne nous oublie jamais dans l'infortune. Le cantique d'Israël s'unissait
à celui du chrétien ; ils arrivaient en-

semble à l'oreille de Dieu, et un même sourire accueillait les vœux de deux croyances. Toup-à-coup ils entendirent les clairons sonner la charge. Ils tressaillirent, et découvrirent au loin les assiégeans qui marchaient sur Colmar. Joanna était pâle et tremblante; Louis rêvait à ce qui se passait sous ses yeux, à Marguerite, à la rencontre de Joseph.

— Me voici! me voici! s'écria ce dernier en arrivant tout essoufflé; j'ai adroitement disparu de l'arrière-garde où j'avais été placé. Il ne nous reste plus qu'à nous éloigner en hâte de ces lieux, car les védettes pourraient nous apercevoir, et ce serait alors peine perdue de nous inquiéter de la vie. Mon prince, mon cher maître, quand j'étais jeune, je combattis un jour près de vous; vous me vîtes, et je reçus de votre main cette médaille que j'estime autant qu'une fortune : je ne croyais pas que le sort me réservait le bonheur de vous sauver! Ah! je ne puis vous exprimer ma joie, mon allégresse de vous être utile, de vous arracher du milieu de ces misérables! Noble Louis, ne pensez pas que tous vos sujets soient des ingrats. Si quelques-uns ont été séduits par les riches promesses de l'impératrice, le plus grand nombre n'attend que votre retour, et vous n'aurez qu'à paraître pour les rallier.

— Mon brave Joseph, lui dit Louis, je garderai le souvenir de ton dévouement pour de meilleurs jours;

mais raconte-moi ce que fait mon
épouse, ce que tu sais à son égard;
ne crains pas de me blesser par tes
récits. »

— Monseigneur, il est de mon
devoir de vous dire la vérité. Ecoutez donc, et apprenez à connaître les
méchants. » Joseph détailla tout ce
qu'avait entrepris Marguerite, car il
n'avait pas entendu parler d'Urgan;
il lui dévoila le mystère de la conjuration, l'infâme traité qui existait
entre les révoltés et l'impératrice;
enfin l'affliction des princes de Colmar. Louis soupira, et il ne se plai-
gnit pas : il dévora sa douleur. — Où
allons-nous, demanda-t-il avec tristesse ? peux-tu nous suivre ? » Ces
derniers mots étaient adressés à

Joanna. — Oui, oui, monseigneur.
— Le duc de Richard vous est de-
meuré fidèle, dit Joseph ; il est riche
et puissant, il s'empressera de vous
recevoir. — Richard ! je me rappelle
l'avoir connu. » Cependant Joseph
observait attentivement Joanna. —
Sur ma foi, s'écria-t-il, mon prince !
votre écuyer porte un visage que j'ai
vu quelque part. — Ah ! mon libé-
rateur, s'écria Joanna, je n'osais
embrasser vos genoux, mais vous
m'avez reconnue ; souffrez que je
vous témoigne ma reconnaissance
pour tout ce que vous avez déjà fait
pour moi ! — C'est elle ! c'est elle !
Vous étiez à Ribeaupierre ; vous avez
perdu votre père ! Malheureuse
femme ! je devine tous vos chagrins,

mais le ciel veille sur vous. Deux infortunés ensemble! allons, allons,
l'espérance me reste, empressons-
nous de gagner Ingersheim (5). »

La bise soufflait dans ▮ arbres, la
neige commençait à tomber. —Nous
serons bientôt au château, redisait
Joseph ; encore un moment, du courage ; allons quelques pas, et nous
toucherons à notre but.» Mais Joanna
n'avait plus la force de suivre ses
protecteurs ; elle serra la main de
l'empereur, et dit d'une voix éteinte :
« laissez-moi mourir ici, je n'en
puis plus ! » Elle tomba à ces mots
sur la route, et parut décidée d'y
rester. — Pauvre femme ! s'écria Joseph : mon prince, je vais porter ce
bel enfant sur mes épaules ; ce serait

dommage de l'abandonner par le froid qu'il fait. « En même temps le vieux guerrier saisit Joanna dans ses bras, et l'assied sur son épaule.

Le bruit de la Fœcht, qui roule ses ondes grossies par la fonte des neiges devant Ingersheim, les avertit qu'ils n'en étaient plus loin.

Ils passèrent le torrent, et entrèrent dans cette ville sans résistance ; mais étant arrivés au château, bâti dans la cité même, environné d'eau et flanqué de fortes tours, ils furent arrêtés par la sentinelle. — A moi ! dit Louis, ouvrez ; un noble voyageur demande le duc Richard. — Le duc Richard, répliqua le guichetier, il n'existe plus ; ce château appartient au seigneur Jean de Ribeau-

pierre. » Joseph frémissait de colère.
Louis lui dit : — Fuyons, on pourrait nous reconnaître ! — Les misérables, poursuivit Joseph, ils ne respectent ni l'âge ni les vertus ! mais,
qu'importe ; venez, mon prince, ce
ne sera plus aux portes d'un seigneur
que nous frapperons ; ce sera à la
chaumière de ma sœur. Eh ! Monique ! Monique ! descend vîte, je
t'amène des amis ! Vous allez voir
une excellente femme qui s'est dé-
vouée à Dieu, et qui fait le bien
de ce village depuis des années. Mais
elle ne vient pas... Eh ! Monique !
Monique ! » Joseph frappe en vain ;
Monique est allée porter des secours
à un mourant que les mires ont abandonné. — Elle est peut-être chez des

malades; ces bonnes sœurs de la cha-
rité ont tant de soucis, tant de
peines! »

— Pendant qu'ils étaient ainsi à appeler Monique, elle arrivait à la
chaumière, en priant pour l'agoni-
sant qu'elle venait de quitter.—Qu'est-
ce donc ? que me veut-on, s'écria-
t-elle en s'entendant nommer? —Eh!
c'est vous, ma sœur, ma chère Monique ? arrivez, arrivez ; je vais
faire du feu, reposez-vous… Ah!
quel hiver! quelle année! Eh bien!
reposez-vous donc, ne craignez pas
ces chevaliers ; quand vous saurez
leurs noms… ah! ma sœur, vous en
pleurerez de plaisir. Il y a huit jours
au moins que je ne vous ai vue ; je
jure que vous venez de chez quelque

moribond ; comptez-nous cela , et
n'ayez point peur de mes compagnons. — Mon frère, répondit Monique , le récit d'un devoir n'inté-
resserait pas ces nobles seigneurs. »

Joseph venait d'allumer un grand
feu , le chêne pétillait ; il place
Joanna transie, près du foyer , et
tournant la lampe sur Louis. — Monique , reconnaissez-vous ce visage
— Dieu ! en croirai-je mes yeux?
Joseph , parle, serait-ce... ? —Oui,
ma sœur, oui; c'est lui-même , notre
prince adoré , notre infortuné monarque ! » L'humble religieuse est
aux pieds de Louis; celui-ci presse sa
main contre son cœur , et s'écrie :
« Oui , c'est moi , votre ami , et jamais je n'oublierai ce jour ! »

Aussitôt chacun, le verre à la main, porte tour à tour un thoast à Louis, à la paix, à la reconnaissance. Joanna frissonne de joie à la douce chaleur du brasier ; la liqueur salutaire que lui a offert le guerrier, lui rend ses forces avec leur énergie ; elle relève son front baissé ; ses yeux brillent d'un feu plus vif, elle partage l'allégresse commune, et, comme les autres, boit à ses protecteurs. Cependant Joseph forme avec Louis des projets pour le lendemain ; il ne peut rester dans l'inaction, il faut frapper d'un grand coup, la résolution en est prise. A l'aurore, ils partiront ensemble, ils marcheront droit à Colmar ; s'ils ne peuvent y pénétrer, ils attendront une occasion favorable.

6*

Joseph ira réunir ses compagnons; il
donnera avis aux princes, aux gou-
verneurs de l'arrivée de Louis. Marguerite, surprise, sera déjouée dans
ses vues, et l'empereur sera de nouveau maître tout puissant de l'Allemagne et de l'Alsace. — Tout ira
bien, dit Joseph en frappant son
verre sur la table. Voilà deux compa-
gnes inséparables, ajoute-t-il en montrant Joanna et Monique; elles de-
meureront ici, et nous, nous irons à
la gloire. »

Joanna se troubla; Louis aperçut
la pâleur qui couvrait son visage; il
dissimula et applaudit aux desseins
de son guide fidèle. Il était tard,
Monique conduisit le monarque dans
une chambre étroite mais agréable.

Elle lui souhaita des songes heureux, et se retira avec Joanna pour laquelle elle ressentait déjà un vif intérêt. Joseph ne voulut pas quitter son empereur, il tira son sabre, et se plaça de garde à la porte de son appartement.

Le lendemain, dès l'aube matinale, Louis était éveillé. En sortant il trouva Joseph appuyé sur son glaive, et debout devant la porte. — Que fais-tu là, mon ami ? — Je veille, mon prince; en cas d'accidents, je me tiens prêt, comme vous voyez. — Partons-nous ? — Oui, oui... mais Monique dort encore ? — Ah bien oui, dormir! elle est en prières. — Ah ! si je pouvais lui parler ? — Rien de plus facile; descendons, nous

la trouverons là-bas. — Ma sœur,
voici le noble empereur qui veut vous
voir et vous dire adieu. » Louis s'as-
sit près du feu ; il répondit aux défé-
rences de Monique, et après avoir
amené la conversation sur Joanna, il
raconta tous ses malheurs à ses audi-
teurs qui l'écoutaient attentivement.
Plus d'une fois Joseph avait tiré son
sabre, en murmurant de colère : « Oh !
maudit Jean ! infâme Jean ! — Femme
vertueuse, ajouta Louis en se levant,
je vous confie notre Joanna, vous
en aurez soin comme si elle était
votre fille, vous n'épargnerez rien
pour la secourir ; j'espère pouvoir
bientôt vous récompenser de votre
bienfaisance. » A ces mots l'empereur mit au doigt de Monique un

anneau de grand prix, et guidé par
Joseph, il prit sa route vers les plaines de Colmar, après avoir toutefois
rasé ses moustaches rousses et changé
de costume. Il arriva dans cette ville
au moment où les troupes d'Armleder célébraient leur triomphe, et
traversaient les rues en vociférant des
cris de mort : le désordre était si
grand qu'on ne s'aperçut pas de son
entrée. Il courut aussitôt au palais,
et Joseph qui avait rallié quelques
braves, marchait devant lui, décidé
à mourir plutôt que de se rendre.

Monique suivit long - temps des
yeux les deux voyageurs ; quand
elle les eut perdus de vue, elle monta
à la chambre de Joanna. Celle-ci
cherchait Louis avec inquiétude, et

paraissait vivement agitée. — Il est
parti, lui dit-elle; il s'est éloigné
celui que vous appelez vainement;
mais voici ses dernières paroles :
« Assurez à Joanna que je reviendrai
bientôt; elle m'attendra près de vous :
vous lui servirez de mère jusqu'à mon
retour, et vous l'aimerez comme je
l'aime. »

Joanna voulut répondre, mais des
larmes de joie roulèrent de ses yeux
sur son visage, et elle garda le silence. — Joanna, ajouta Monique,
je sais qui vous êtes, je vous ai plaint;
je vous en prie, regardez-moi comme
votre meilleure amie. Vous avez été
la victime du fanatisme, vous avez
épuisé toutes les amertumes de la vie;
mais espérez en Dieu, mon enfant;

il vous prépare un avenir riant; vous
touchez à la fin de vos douleurs.
—Ah! dit Joanna en soupirant, elles
ne cesseront jamais! —Une fois que
la paix aura calmé les esprits, que
Louis aura recouvré sa couronne,
songez quel bonheur vous attend!
—Hélas! puisque vous savez tout...
ce sera le moment de mon déshonneur, je toucherai au terme fatal où
je deviendrai mère. Ah! si l'on m'a-
vait laissée mourir, mon opprobre au-
rait péri avec moi! — Nous sommes
là pour vous secourir dans l'affliction, ma chère Joanna; ne vous tour-
mentez point de l'avenir. Quand vous
aurez passé le moment des souffrances, mon frère ira trouver notre auguste souverain, il lui parlera de

vous, et s'empressera de voler à votre secours. — Ma bienfaitrice, dit
Joanna, comment vous témoigner ma
reconnaissance ! que pourrait faire,
en retour de tant de bontés, une
fille indigente et proscrite ? — Je
n'attendrai de vous qu'une chose, et
cette chose ce sera l'ouvrage du ciel ;
car je n'espère pas que mes paroles
changent le cœur de l'homme. Mais
nous avons le temps d'y penser ; dé-
jeunons ensemble, et hâtez-vous de
quitter des habits qui outragent la
pudeur de votre sexe. —Je vous pro-
mets toute l'obéissance, tout le zèle
que vous attendez de moi ; mais, ma
mère, voudriez-vous donc me faire
renier la croyance dans laquelle je
fus élevée ? J'ai bien compris ce que

vous voulez de moi ; eh ! pourquoi
désirez-vous changer mon cœur ? le
Dieu des juifs est le vôtre ; je l'adore
comme vous , et ne serait-ce pas l'of-
fenser que de paraître lui préférer un
autre lui-même, sous un autre nom ?
Je serai toujours humble devant vos
conseils , je les suivrai parce qu'ils
seront dictés par la vertu et la sa-
gesse ; mais ne me parlez plus de
changer ; j'estime mon titre de juive
comme vous celui de chrétienne. Dieu
est là ; il est partout ; il m'a jetée
sur la terre, il a permis que je sois
malheureuse ; mais il sait ce qu'il a
fait , et je ne l'accuse point ; c'est
lui qui me soutenait quand j'errais
délaissée dans le fond des solitudes ;
avec lui je ne manque ni de père

2. 7

ni d'ami; je le ressaisis à chaque
pas; je suis contente lorsque je lui
ai confié ma douleur. Non, non
vous ne changerez jamais mon cœur,
et les plus cruelles souffrances ne
parviendraient pas à me faire trahir
ma religion. Elle avait toujours assez
Joanna s'était enflammée, elle avait
élevé la voix, parce qu'elle avait de
la confiance en sa cause. Je ne
voulais pas même vous éprouver,
vous avez mal interprété mes soins
timens; ma fille, je suis bien loin
d'accuser votre croyance et de vous
en blâmer; adorez Dieu, soyez vertueuse, et vous serez aussi chère aux
yeux de l'éternel qu'un chrétien. Il
est grand celui qui soutient le culte
de ses pères en exposant toujours

et son avenir. Persévérez, Joanna,
dans vos généreux sentimens, dans
votre foi : vous m'en devenez plus
intéressante, et je me fais gloire de
vous connaître!.»

Assises toutes deux près du foyer,
elles partagèrent un vase de petit lait ;
les poires de Kieutzheim (6), renom-
mées dans le pays, et le fromage de
Munster, composaient le déjeuner.
Elles s'entretinrent ainsi tout le jour
de l'attentat du comte Jean, de ses
crimes et du siége de Colmar.

CHAPITRE X.

Quel est donc ce mortel si fier et si terrible,
S'écria le héros ? sa hauteur inflexible
Semble braver les rois troublés à son aspect,
Quel est - il ? . . . .

THOMAS. (Pétréide.)

QUAND le jour eut réveillé les habitans de Colmar, le tumulte loin de
s'appaiser ne fit que redoubler ; des
bandes de paysans armés couraient
les rues en brandissant leurs lances,
en insultant les tranquilles citoyens ;

a licence était à son comble. Les ta-
vernes retentissaient des cris féroces
et sanguinaires de la multitude, tandis que l'on arrêtait par l'ordre de
Jean, le gouverneur Albert, ses lieu-
tenants, ses officiers, et qu'on les
plongeait dans un noir cachot. Il
avait même été question de saisir
l'évêque Berthold, mais ce prince
s'était enfui pendant les ténèbres, et
avait pris la route de Strasbourg.

Jean, mollement appuyé sur le lit
de Marguerite, s'entretenait avec
elle de ses heureux succès. Il com-
battait ses craintes, il l'accusait de
faiblesse, quand la porte du manoir
s'ouvre et qu'un guerrier se présente
devant l'impératrice. Un moment
il reste silencieux : la main sur son

7*

épée, il envisage le comte de Ri
beaupierre, il paraît mépriser son
autorité. Marguerite frappée de terreur, demeure immobile; Jean veu
se lever, et retombe consterné.

« Alors celui qui épouvante les cou
pables s'avance. — Marguerite, s'é-
crie-t-il, avec l'accent d'un amou
outragé, me reconnaissez-vous? E
quoi! vos crimes vous fermeraient la
bouche!... Le voici, cet époux
que votre infâme passion sacrifia
à des assassins; il vient vous de
mander compte de vos actions; il
vient, non soumis et clément, s'a
buser de vos perfidies, mais sévère,
implacable, terrible, condamner les
félons et châtier du dernier supplice
l'adultère et le complice de son for-

fait. Assez de sang a coulé pour combler tes vœux, assez de désordres ont affligé nos sujets et désolé l'Alsace ; un juste, un irrévocable arrêt, va venger l'innocence et rétablir le calme, que des âmes flétries ont si long-temps troublé. Marguerite, et vous Jean, le voici, celui qui vient guidé par le ciel, renverser tous vos projets et condamner votre impunité. »

Le feu de la vengeance brille dans les yeux de Louis ; il garde un profond silence, et l'impératrice et le seigneur de Ribeaupierre, sont terrifiés; mais il continue.—Madame, je vous ordonne de quitter sur lechamp Colmar, et de passer le Rhin. Quant à vous Jean, je vous déclare

que vous ne sortirez d'ici qu'après
m'avoir livré vos troupes, la ville,
et tous les captifs. Je veux être obéi
et je le serai ! »

Jean murmure, Marguerite s'éva-
nouit ; mais l'empereur est inflexible,
il appelle Joseph, des écuyers, des
varlets : tous le reconnaissent, tous
s'inclinent devant leur légitime sou-
verains. — Vous garderez ce lieu
pour prison, dit-il au comte, tant
que vous n'aurez pas accédé à ma
volonté ; amis vous me répondez de
sa tête ! et vous, madame, dans un
moment, j'exige que vous soyez en
route pour l'Allemagne.

Jean veut faire un mouvement,
mais il n'est pas entendu. Les guerriers, qui tout à l'heure fléchissaient

devant lui, méconnaissent maintenant ses ordres. Oui, la main de
Dieu protège les rois ! il y a quelque
chose de divin qui imprime un saint
respect sur un front couronné. Louis
était seul, le voilà environné de ses
anciens serviteurs ; il n'a fait que se
montrer, les rebelles sont pacifiés.
Aussitôt il envoie délivrer Albert ; il
fait sommer chaque citoyen de rentrer dans le devoir ; il dépêche des
courriers à ses grands vassaux, en
leur enjoignant d'arriver au plutôt à
Colmar, à la tête de leurs hommes
d'armes. Le bruit se répand que l'empereur est de retour, qu'il vient d'en-
fermer le comte Jean, que Marguerite va quitter la ville ; mais, en se
séparant, ils se sont dit à voix basse :

« Urgan est encore là : il ne nous délivrera pas. »

— Que signifie un tyran parmi nous, s'écrie Arinleder assis à la table d'une taverne, et buvant avec ses compagnons ! Camarades ! ne balançons pas un moment, prévenons les maux qui nous menacent, allons arrêter notre ennemi avant qu'il ne puisse nous échapper. — Quoi donc ! se demandent les paysans égarés, l'empereur est à Colmar ? — N'en doutez pas, répond Arinleder ; voyez-vous ces chevaliers armés, distinguez-vous leurs panaches blancs, leurs écus armoiriés ; ce sont les gardes de Louis. Ecoutez le son de leurs trompettes... le peuple s'enfuit, les rues sont désertes... Le tyran a paru !

« — Eh bien , crie Michel , tout
rouge de vin et de fureur, marchons!
mes amis, je veux moi-même couper
la tête à l'empereur.

« — Attendez, dit Armleder , il faut
avertir les autres ; tous ne demandent qu'un signal ; réunissons-nous
et nous triompherons !

« — Où donc est Georges , Stecklé,
Joham ? Je cours les trouver, je suis
à vous à l'instant ! c'est ici sur la
place de l'église , que nous nous ras-
semblons ; nous sommes près de mille,
et deux mille de plus dans le camp,
hors de Colmar. Tout ira bien ,
poursuit Armleder , évitons seule-
ment de donner des soupçons à ces
maudits soldats qui courent les rues. »

« Michel sort à ces mots , mais il re-

paraît aussitôt : il est haletant, en désordre ; il veut parler et ne peut s'exprimer ! — C'est fini ! c'est fini ! Marguerite n'est plus à Colmar ! de tous
côtés arrivent des chevaliers ; Holansberg, Eguisheim, Turckem,
Munster, Kaisersberg, Honak sont
ici, nous sommes perdus ! il ne nous
reste pas même la ressource de la
fuite. — Eh bien, nous mourrons !
dit Armleder, en attachant son sabre
et baissant la grille de son casque.
Qu'est-ce donc que cela ? je crois,
Dieu me pardonne, voir un cheva-
lier de Ribeaupierre ? eh ! regardez,
mes amis, il sonne de la trompette,
il annonce une nouvelle, écoutons !
écoutons ! »

En effet, le héraut vient d'élever

la voix : « De par moi, seigneur de Ribeaupierre, je donne avis à tous mes féaux serviteurs, amis et partisans, que telle est la volonté de Louis, mon empereur et maître : je lui rends les armes, j'abandonne Colmar, et m'avoue son très-humble sujet, ordonnant à ceux qui me sont fidèles de sortir au plutôt de la ville, et de renoncer à toutes prétentions de guerre et de résistance ! »

— Lâche ! lâche ! s'écrièrent à la fois les paysans outrés de colère ; parle de paix à des femmes ; mais ne viens pas nous insulter par tes infâmes propos ! » Armleder, le premier, s'était jeté sur le héraut, et l'avait renversé. De toutes parts ses compagnons accouraient et répétaient leur cri de carnage ; mais soudain une nuée de guerriers, la lance en arrêt, parut devant les rebelles, et les mit en fuite. Armleder essaya de faire quelque résistance ; mais voyant le nombre de ses adversaires s'accroître : — Venez, compagnons, s'écria-t-il, en se dirigeant vers la porte Theinheim, éloignons-nous des tyrans ; hors de ces murs nous n'aurons plus de maîtres ; nous y rentrerons un jour, et ce sera pour n'en plus sortir ! »

Ils partent à ces mots et traversent la plaine jusqu'à Ribeaupierre, où Jean va les rejoindre dans un moment. Il arrive furieux, le visage défait, la pâleur sur le front. — Eh bien ! voilà donc le fruit de nos

courage ! nous plions aux caprices
d'un homme ! au sein de la victoire,
nous nous rendons comme desescla-
ves ! O maudit soit ce jour d'éternelle
honte ! Et vous souffrez qu'on re-
tienne votre chef captif ? et vous de-
meurez dans l'inaction quand le moment est là, que le tyran seul, peu
soutenu, ne vous oppose aucune résistance... et vous laissez une auguste princesse, la malheureuse Marguerite, suivre des bourreaux qui
l'entraînent à la mort ? Un seul mouvement, et nous étions sauvés ! mais
non... non...» — Comte Jean, repart Armleder, en faisant siffler sa
hache sur sa tête, n'accuse aucun des
tiens ; nous avons été comme toi
surpris par les événements, mais

nous sommes encore ici les armes à
la main, et si tu dis un mot, tu
nous verras courir à la mort.—N'es-
pérons plus nous emparer de Colmar,
lui dit Jean ; maintenant que Marguerite est loin de nous, il ne nous
reste qu'à obéir. — Bien, ajoute
Armleder, la crainte abat les nobles
résolutions. Tu redoutes l'empereur,
tu veux rentrer dans ses bonnes grâces…. s'il en est ainsi, je te souhaite
bien du bonheur dans ton esclavage.
Adieu, comte, nous irons sans toi
venger Dieu et exterminer les ennemis ; nous serons toujours tes alliés,
tes défenseurs même ; mais nous ne
pouvons vivre sans liberté. — Tu
t'abuses, mon brave Armleder, tes
tentatives échoueront, crois-en mon

expérience : l'empereur est soutenu
par toute la noblesse du pays; tu auras à lutter contre l'Alsace entière.
Va, renonce à une généreuse résolution, rentre dans tes foyers; laisse
au ciel le soin de punir les impies :
tôt ou tard nous serons vengés ! —Et
c'est à moi que tu dis tout cela,
s'écrie le paysan fanatique? De par
Dieu, non, il ne sera pas dit qu'Armleder aura tremblé devant un revers;
ton cœur de femme est indigne de
soutenir une cause aussi noble que
la nôtre. Quelles sont nos prétentions? nous ne voulons que détruire
une nation odieuse, et renverser des
autels profanes; Dieu nous soutien-
dra, parce que nous combattons pour
lui ! Hâte-toi de rentrer dans tes

8*

châteaux ; va languir, vil esclave de
tes chimériques craintes ; va mau-
vais serviteur de Dieu ! quant à nous,
nous mourrons martyrs de notre zèle,
un bonheur sans fin récompensera
nos efforts : plus nous vaincrons d'ob-
stacles, plus nous acquérerons de
gloire aux yeux de l'Eternel. Venez,
mes amis, ne respirons pas davantage l'air empoisonné de la servi-
tude.»

Armleder dit, et sans entendre les
paroles de son allié, il sort de Ribaupierre et marche vers Schelestalt ;
il veut aller dans les Vosges chercher
de nouveaux enthousiastes. Il passe
Kœnisgberg (1), Vilé (2); il entre dans
le bas Rhin, traverse de nombreux
villages, soulève les habitans de Dam-

bach (3) et de Barr (4) ; il se ligue à
Andlau, (5), avec un nommé Zimberlin (6) ; à Dorolsheim (7), un gentilhomme s'associe à la conjuration ;
à Moltzheim (8) ; le peuple entier
se révolte.

Berthold, effrayé de ce mouvement, se renferme à Strasbourg : il
est cependant instruit de la déli-
vrance de Colmar, du retour de
Louis, de la fuite de ses ennemis ;
mais les séditieux commencent leurs
ravages ; ils brulent des hameaux, ils
égorgent des familles paisibles ; ils
arrachent les juifs, et les massacrent
la croix à la main.

Se divisant en deux bandes, les
croisés, car ils se donnent ce nom,
se dirigent les uns vers Strasbourg,

les autres vers la haute Alsace, en
suivant la chaîne des Vosges, où partout ils laissent des traces sanglan-
tes de leur passage; ils désolent les
cités, ils ne respectent ni l'âge ni le
sexe; les désordres se multiplient;
l'Alsace est dans la désolation; de
tous côtés on n'entend que des cris
de mort et de carnage; des milliers
de victimes fuyent devant leurs oppresseurs comme le chevreuil pour-
suivi par le chasseur. A Bâle, à Mulhouse, à Strasbourg, les citoyens
s'émeutent, prennent les armes, im-
molent les malheureux juifs, qui
croyaient y trouver un asile contre
leurs persécuteurs.

Louis affligé de ces calamités a
bien de la peine à contenir le peuple

de Colmar; sa douceur, sa vigilance,
parviennent à le calmer. Il a rétabli
le bon ordre dans la ville, il a choisi
ses ministres, il s'est entouré d'une
garde sûre et fidelle. Mais le souvenir de Marguerite, vient troubler
son âme sensible; il oublie, au milieu
de ses inquiétudes domestiques, des
travaux publics, des soucis sans nombre qui l'assiègent, il oublie Joanna.
Il est bon, peut-être trop débonnaire;
il veut se réconcilier avec son infi-
delle épouse, qui l'a trahi, et qu'il
aime encore. Il envoie des écuyers
dans une des îles du Rhin où elle s'é-
tait retirée, chargés de lui apprendre
qu'elle peut rentrer en grâce, si le
repentir est dans son cœur. C'est par
amour, par politique, qu'il va tirer

cette femme coupable, de l'exil : il
appréhende les partisans secrets de
l'impératrice, il désire détourner une
guerre entre l'Allemagne et la Hol-
lande, dont Marguerite est héritière ;
et dans ces pensées après avoir pourvu
à la tranquillité de la province , après
avoir choisi pour la commander des
hommes habiles et dévoués, il vole
la trouver dans sa solitude. Marguerite refuse de l'entendre, elle le hait,
elle n'aspire qu'à revoir le comte de
Ribeaupierre , objet de sa coupable
tendresse. Louis la presse, la con-
jure, elle est insensible à ses prières ;
paisible dans sa demeure, elle se livre
aux plus ridicules superstitions ; mais
en vain des lettres secrètes sont-elles
envoyées à Jean, elles ne peuvent lui

parvenir; les courriers, arrêtés, déjoués par le gouverneur, ne peuvent aller jusqu'à lui; ainsi le châtelain ignore que Marguerite existe pour l'aimer; il la retrouvera sans doute un jour; mais jusqu'alors que de maux doivent affliger l'Alsace! Ce pays avait pris un tout autre aspect : Albert de Hohenbourg, n'ayant pu résister à ses blessures, avait rendu le dernier soupir dans les bras de Louis, auquel il avait sacrifié ses jours.

Jean de Fénestrange (9) le remplaça dans la charge de gouverneur. Plein de zèle et d'activité, il renverse les complots, prévient toutes les intrigues, punit les felons. Il se présente à Mulhouse, où le peuple s'est sou-

levé, et sa voix appaise les mécontens ; il marche contre Armleder qui
s'était avancé dans la plaine de Colmar, et taille son armée en pièces.
Il apprend que le seigneur de Ribeaupierre, son ennemi mortel, mé-
dite une révolte, et, au nom de l'empereur, il appelle les princes d'Alsace, vassaux de la couronne, il les
convoque à Colmar, il leur annonce
que la volonté de Louis est de mettre
fin aux crimes de Jean. Aussitôt
mille cris s'élèvent et applaudissent
au discours du gouverneur. On sort
de Colmar, on laisse Zellenberg (10) à
gauche, et l'on arrive sous les murs
de Ribeaupierre avant que la sentinelle n'aie même donné le signal
d'alarme.

Mais le tocsin sonne dans la ville.
«Aux armes! aux armes! crie la garde
du guet. » Les herses de fer tombent,
les ponts se lèvent; les remparts se
couvrent de guerriers. De toutes parts
brillent les haches, les lances, les
épées; de noires colonnes de fumée
tournoient dans les airs, en s'échap-
pant des fournaises où cuisent la
poix et le plomb. Pendant ce temps,
le comte Jean distribue ses chevaliers; il envoie les plus faibles au
Geirsberg, qu'il munit de provisions,
et dont la citerne est remplie d'eau;
il monte lui-même à Ulrich, d'où
il observera les ennemis; il s'y en-
ferme avec trois cents braves décidés
comme lui à périr. Forgmann commande dans Ribeauvillé, Goett au

2.   9

haut Rapolstein ; Jean s'applaudit ;
et dans la chapelle du château, le
vieux Bernard, entonne l'hymne au
Dieu des batailles.

La ville basse résistera long-temps ;
le torrent qui baigne ses murs, les tours
crénelées qui la soutiennent, les nombreux ouvrages qui les mettent à l'é-
preuve du bélier, semblent défier tous
les efforts des assiégeans. Mais Eenies-
trange est impatient, il ne se rebute
d'aucun obstacle, et quand il veut
une chose il faut qu'elle réussisse.
Il se défie d'Armleder, qui peut d'inquiéter et harceler ses travailleurs,
et pour le prévenir, il place des
postes avancés sur les hauteurs en-
vironnantes ; il isole Ribaupierre de
tous ses voisins ; il la réduira par

la famine, s'il ne la prend de vive
force. Cependant on élève les machines qui doivent incessamment frapper les murailles de la ville : déjà
le bélier, gémit et heurte avec un
épouvantable choc les bastions et les
tourelles ; mais le siége traîne en
longueur malgré l'activité du gouverneur ; la saison s'avance, le prin-
temps est de retour, et Ribeaupierre
n'est pas encore au pouvoir de ses
ennemis. Les fréquentes sorties de
Forgmann, les combats qu'il a fallu
livrer aux paysans d'Armleder, ont
rendu vaines les ruses et les atta-
ques de Fénestrange : il est vrai qu'a-
vec du temps, la ville affamée sera
contrainte de se rendre, mais d'autres soins appellent le gouverneur

à Colmar : le désordre, l'anarchie
troublent l'Alsace et désolent ses habitans ; Armleder continue ses in-
cursions, les citoyens se rangent de
son côté.

Fénestrange frémit à ces nouvelles;
il s'indigne contre des échecs impré-
vus, il veut essayer une dernière
tentative, et par son ordre la trompette appelle aux armes ses guerriers
irrités comme lui d'un si long retard.

Tout ce que l'art peut inventer,
servira les efforts des assiégeants; les
flèches, les dards, les javelots, les
frondes, les arbalètes sont mis en
usage; des béliers redoutables, re-
vêtus de fer, et dont la tour est cou-
verte de cuir humide pour les préser-
ver du feu, frappent continuellement

les remparts. Les travailleurs mépri-
sent la poix bouillante, le sable brû-
lant qu'on leur lance du haut des
créneaux : à l'abri sous des madriers
de double bois, et garantis par des
claies, ils ruinent sans crainte les ouvrages avancés de Ribeauvillé, tandis
qu'élevés sur la même machine qui
protège ceux-ci, des archers abattent
les téméraires qui osent se montrer.
Aux cris réitérés du bélier et des ca-
tapultes, se joignent des rocs énormes que lancent impétueusement les
balistes et les matières enflammées
qui s'attachent aux solives des tours,
aux ponts levis, et les embrasent. On
entend gémir les murailles qui se fen-
dent et s'écroulent ; on voit la brèche
s'ouvrir ; en même temps les plus

9*

braves appliquent des échelles, et cherchent à prendre la ville par escalade.

Fénestrange à cheval, environné des comtes de Fribourg et de Furstemberg, des barons Henri et Frédéric de Hastalt, du seigneur Hartung de Wangen et de toute la maison Déberstein et de Géroldseck, donnait ses ordres, animait les combattants, encourageait ceux qui pliaient. Tout-à-coup un pan de mur s'écroule, et sa chute fait trembler la vallée. Mille cris partent à la fois, mille guerriers s'élancent à travers la poussière et les débris. Mais Jean a fait retirer ses troupes; un second rempart plus grand, plus épais que le premier, arrête les vainqueurs, et le drapeau

de Ribeaupierre , agité par les brises
de la montagne , semble insulter au
triomphe inutile du gouverneur. —
En avant ! en avant ! s'écrie-t-il en
faisant rouler vers cette nouvelle barrière ses terribles machines. » Déjà la
porte de la Vierge (11) est ébranlée ,
déjà la brèche est entamée , quand
un courrier aborde Fénestrange : il
est couvert de poussière , les paroles
expirent sur ses lèvres ; mais il est
chargé d'une importante nouvelle.
Le gouverneur s'empresse d'ouvrir la
lettre qu'il vient de recevoir ; il pâlit,
il appelle Hartungt et Henri. Il apprend que la peste est à Colmar ;
qu'elle y fut apportée par des marchands venant de Bâle ; que tout le
Sundgant est dans l'affliction ; que le

ravage est si rapide, qu'on compte
près de cent personnes atteintes du
fléau dans Colmar seul. Le peuple
superstitieux, ajoute-t-on, accuse
les juifs ; il veut qu'ils soyent les au-
teurs de la mortalité ; il soutient que
ces malheureux ont empoisonné les
sources et les fontaines. Colmar est
dans la position la plus déplorable,
et ne sera bientôt plus qu'un vaste
tombeau !

Le gouverneur se tait après la lec-
ture de cette lettre que lui écrit le
mestre de la ville ; il consulte du regard ses deux amis ; mais comme lui
ils demeurent frappés d'épouvante.

— Eh bien, dit-il, qu'allons-nous
faire ? — Arrêtons la marche de la

peste, s'écrie Hartungt, empêchons-
la de parvenir jusqu'à nous ; plaçons
notre camp sur les hauteurs, cou-
pons toute communication avec Colmar. — Eh ! je laisserai mourir d'infortunés citoyens ? non, mes amis,
vous resterez ici, moi je vole secourir des misérables qui périssent sans
secours. Mais qu'est dévenu le courrier ? il pourra peut-être nous donner
de plus amples détails sur les progrès
de la maladie. — Grand Dieu ! s'écrie-
t-il, après un moment de réflexion,
s'il avait apporté la contagion parmi
nous ! Allumez des feux ! que l'on
fasse savoir au comte Jean qu'il ne
sorte point de ses retranchements ;
qu'il ait à éviter un fléau plus terrible que les guerres et les massacres!

Henri, courez chercher les mires ; Hartung commandez de sonner la retraite ; allons, de la vigilance, de l'attention, et peut-être nous échapperons à la mort ! »

Les ordres du gouverneur sont exécutés, les troupes abandonnent l'attaque au son de la trompette. On se demande d'où vient ce changement subit dans les desseins du chef ; on apprend que la peste est à Colmar. Sauvons-nous ! sauvons-nous, répète la multitude effrayée ; c'est le ciel qui nous poursuit ! Une terreur panique s'empare de tous les esprits ; en vain Fénestrange parcourt-il le camp, donne-t-il des conseils, les plus braves saisissent leurs armes, et veulent

s'enfuir. Mais le héraut député à
Jean n'a pas été écouté ; au milieu
de la confusion générale , les chevaliers de Ribeauvillé sortent par une
porte secrète , tombent sur les soldats du gouverneur , et les mettent
en déroute. Armleder de son côté paraît à la tête des siens , et se joint à
ses alliés. Le sang coule , les assiégeants sont impitoyablement massa-
crés ; Fénestrange, entouré des princes de sa famille et de quelques
écuyers , se retire loin du champ de
bataille , et Jean et Armleder s'embrassent après ce succès. Mais la mort
s'avance ; la contagion avait suivi le
courrier de Colmar à Ribeaupierre.
Bientôt les vainqueurs s'aperçoivent
des funestes symptômes de cette

cruelle maladie. On consulte les captifs ; on apprend qu'il n'y a plus à en
douter , et que la peste a étendu ses
ailes sur toute l'Alsace.

~~~~~~

CHAPITRE XI.

Ce ne sont que des cris, des larmes, des sanglots;
L'air au loin retentit de ces lugubres mots :
Malheureux, que du ciel accable la colère,
Nous perdons dans ce jour notre appui, notre père.

<div align="right">LEGOUVÉ.</div>

Tous les feux des enfers, tous les fléaux des cieux,
En un vaste cercueil ont changé ces beaux lieux.

<div align="right">CASTEL. (*Les Plantes.*)</div>

L'HIVER vient de s'écouler ; la saison des fleurs est déjà sur son déclin,
et quatre mois se sont passés depuis
que Joanna partage la demeure de
Monique ; mais ses chagrins, ses fatigues l'ont jetée dans une langueur

2.   10

douloureuse. Une fièvre brulante la
retient en son lit ; elle a perdu ses
forces, elle peut à peine exprimer ce
qu'elle ressent ; le temps qui s'envole
avec les heures n'a point apporté de
changement à sa situation ; les soins,
les remèdes de Monique, ne peuvent
détourner la maladie qui va toujours
en s'accroissant. Cette femme compa-
tisante, assise au chevet de l'orpheline,
ne la quite pas un moment ; elle cherche à la distraire par mille récits
divers ; elle lui chante souvent les
ballades des anciens ménestrels.

PAUVRE GENIÈVRE,

BALLADE.

Pauvre Genièvre ! a redit en pleurant
L'écho touché des larmes d'une mère,

Hélas ! d'hymen n'avait qu'un seul enfant,
Pauvre Genièvre ! il n'est plus que poussière.
L'infortunée accuse en vain le sort ;
En vain gémit sur la tombe muette :
Ne viendra plus, c'est à jamais qu'il dort,
L'enfant chéri que Genièvre regrette.

Pauvre Genièvre, en serrant sur son cœur,
Gage innocent de sa chaste tendresse,
Disait : Mon fils sera tout mon bonheur !
Il charmera l'ennui de ma vieillesse ;
Il grandira : sur les tours des châteaux
Je le verrai combattre avec vaillance ;
Il pourfendra la fleur de nos héros !....
Genièvre alors en pleurait d'espérance.

Mais, las ! qu'un jour a changé son
        plaisir !
Pauvre Genièvre eût été trop contente :
Son fils languit ! son fils vient de mourir !
La mort abat sa victime innocente.
Pauvre Genièvre appelle son enfant :
Viens, ô mon fils, viens embrasser ta mère !
Plus ne répond, car plus il ne l'entend.
Pauvre Genièvre !... il n'est plus que poussière.

Ainsi chantait Monique à la souffrante Joanna ; ces paroles mélanco-
ques plaisaient à celle qui, bientôt comme la pauvre Genièvre, allait devenir
mère ; elle serrait vivement les mains
de sa bienfaitrice. « Continuez, continuez, lui disait-elle d'une voix mourante et Monique commence aussitôt
le lai du barde Scandinave que lui
avait appris le trouverre de la vallée.

PYRGA.

O mon Pyrga ! mon cher Pyrga.!
Reviens consoler ton amie :
Hier encor ta voix chérie
Me disait : Douce Malvina,
Je t'aimerai toute la vie !
Mais qu'un aurore a changé mon bonheur !
L'airain a sonné le carnage :
Pyrga me presse sur son cœur,
Et sur les eaux embarque son courage ;

Il va mourir !..... il ne reviendra pas !
Mon cher Pyrga, songe combien je t'aime !
Que tu quittas la moitié de toi-même ;
Ah ! si tu meurs que ce soit dans mes bras !
Dieu ! les flots écumans présagent la tempête !
J'entends des vents le bruyant sifflement....
La foudre éclate !... ô ciel vengeur, arrête !
Je t'en supplie , et sauve mon amant !
  Et vous qui, du sein des nuages,
  Veillez sur nos jeunes héros ;
  Guerriers fameux des anciens âges,
  Guidez nos fragiles vaisseaux.

    La bise agite la bruyère,
  Et l'ombre brunit les forêts ;
Pyrga, rêveur, à l'onde passagère ,
Raconte aussi ses douloureux regrets.

    Demain l'hymne de la vaillance
  Va préluder aux fiers travaux ;
  Demain je rougirai ma lance
  Du sang de mes nombreux rivaux.
  Protège-moi , Dieu de mes pères !
  Que je revoye Malvina !
  Que sur ces terres étrangères
Ne tombe point le malheureux Pyrga !
      10*

Mais, de tous deux, la prière fut vaine :
Le lendemain, armé d'un trait sanglant,
L'affreux trépas, dans sa rage inhumaine,
Vit Malvina pleurer, et frappa son amant.
« Il ne vient pas, redisait-elle encore ;
La nuit s'éloigne et Pyrga ne vient pas !
Voici déjà les roses de l'aurore,
O mon Pyrga ! bientôt tu paraîtras ;
    Je te vois, rayonnant de gloire,
Déposer à mes pieds ta lance et tes lauriers !
..... Dieu !..... les voici !.... J'entends crier
              victoire !
Oui, ce sont eux ! oui, ce sont nos guerriers !
Pyrga ! Pyrga ! » La malheureuse amante
Vole à la nef qui porte ses amours.
« Pyrga ! Pyrga ! vient charmer mon attente ! »
— Pyrga, lui dit un brave ? il est mort pour
              toujours ;
Il dort là-bas, sur la plage sanglante !..... »
A ces mots foudroyants, la pâle Malvina
Dans les bras du guerrier est tombée expirante,
Et sa mourante voix appelle encore Pyrga !

    Monique parvenait à calmer l'agi-
tation de Joanna par ses chants tris-

es et en harmonie avec ses pensées.

Monique n'avait pas toujours été heureuse. Avant d'avoir joui de sa tranquillité, elle avait éprouvé bien des chagrins. Née avec une âme ardente et passionnée pour les plaisirs, jamais un sommeil serein n'embellit sa couche; jamais elle ne gouta de moments paisibles; tout était chez elle fureur, enthousiasme; elle portait l'amitié aussi loin que la haine; elle était aussi ardente en amour que fervente pour la dévotion. Son esprit était dans une agitation continuelle; elle passait rapidement de la joie au désespoir, du désespoir à la plus riante espérance. Ainsi s'écoula pour elle le temps de l'adolescence: bien des erreurs furent le fruit de sa fou-

gue impétueuse. Elle écouta les sé-
ducteurs, elle s'abandonna à de funestes écarts, et son père ne voulut
plus la voir ; il lui donna sa malé-
diction au lit de la mort. Il lui restait
un frère nommé Joseph, mais il sui-
vait les troupes de l'empereur, et ne
devait peut-être plus jamais revoir sa
patrie. Monique étant seule, sans gui-
des, sans protecteurs, car les méchants
qui l'avaient abusée ne pensaient plus
à elle, prit la résolution de quitter
l'Allemagne pour aller trouver Joseph
en Alsace. Elle n'avait plus rien, elle
était pauvre, abandonnée : elle mar-
cha longtems avant d'arriver sur les
bords du Rhin. Là, des peines nouvelles l'attendaient. Un comte, seigneur d'Ursingen (1), dans la forêt

noire, descendant des princes de Ra-
poltein, aperçut cette jeune fille, er-
rant seule dans la solitude. Il l'engagea
à le suivre dans son manoir. Monique,
que l'expérience avait rendue pru-
dente, refusa ses offres ; mais le felon
la saisit de force, et la fit conduire au
castel où la violence couronna ses
desirs. Quand il se fut rassasié, quand
il eut assouvi sa passion , le barbare
la livra à des gardes qui la jetèrent
hors du château.

Monique passa un jour entier à
verser des larmes. Elle voulut rentrer
à Ursingen, se prosterner aux pieds
du tyran, le conjurer d'avoir pitié
d'une pauvre fille ; mais la sentinelle
n'entendit point sa voix plaintive.
Elle resta sur le bord du fossé , et la

nuit là trouva éplorée à la porte de
celui qui l'avait outragée. — Allons,
se dit-elle, allons à Strasbourg, Joseph y sera, il partagera mes chagrins.» Elle passa le Rhin, parcourut
Strasbourg, mais son frère n'y était
pas. Dans cette situation, elle conçut
le dessein de se vouer à Dieu ; une
bonne abbesse lui ouvrit son couvent.
Elle crut avoir trouvé un moyen de
calmer son âme agitée ; mais bientôt
le signe manifeste du déshonneur ré-
véla le crime du seigneur d'Ursingen. Rejetée de l'asile d'innocence,
Monique alla souffrir en secret dans
une cabane où l'on eut compassion
de son malheur. Quelque tems après,
l'enfant dont elle était mère, mourut.
N'osant plus retourner au couvent, et

craignant d'être à charge au pauvre laboureur qui avait eu compassion de son état, elle se retira dans les Vosges pour y vivre loin du monde, du travail de ses mains. Mais un jour étant à Colmar, elle aperçoit un guerrier à cheval, dont le visage ne lui est pas étranger ; son cœur lui dit que c'est Joseph ; elle voudrait lui parler, elle n'ose. Elle court sur ses pas. Elle ne doute plus que ce ne soit son frère, lorsque celui-ci, après l'avoir regardée un moment, s'écrie : « Dieu c'est Monique... Oui, oui, c'est toi, ma sœur ! » Aussitôt Monique se fait reconnaître. Joseph la serre étroitement dans ses bras, en pleurant de tendresse ; il se hâte de lui donner tous les secours qui sont

en son pouvoir; et depuis ce jour
commença pour Monique une exis-
tance nouvelle, partagée entre ses de-
voirs, la reconnaissance, et l'amitié.
Tant que Marguerite vécut dans la
paix, et que Louis régna tranquille
sur ses sujets, Joseph demeura à
Colmar, et il avait toute la confiance
de ses chefs; mais dès que le fanatisme éleva sa bannière sanglante, et
qu'il eut prévu les orages qui allaient
gronder sur l'Alsace, il songea à retirer sa sœur du milieu des discordes
civiles et elle choisit Ingersheim
pour séjour. Quant à Joseph, dont
le comte de Ribeaupierre avait
acheté le service, ne le connaissant
alors que comme un vaillant seigneur,
il n'hésita pas d'accepter ses offres;

mais il allait souvent visiter Monique dans son asile champêtre.

On peut croire que Monique dut s'in-
téresser à Joanna , dont les malheurs
avaient tant de ressemblance avec les
siens : aussi l'aimait-elle comme sa
fille; mais elle soupirait en voyant que
l'empereur ne pensait plus à elle. Déjà
elle parlait d'envoyer un messager à
son frère. Joseph ne paraissait plus; il
n'écrivait pas : ce silence effrayait la
bonne religieuse. — Ma fille, disait-
elle à Joanna ; les grands ont bien des
soucis ; leur mémoire est courte ;
leur souvenir ne dure guère. Louis,
inquiété de soins importans , n'a pas
eu l'instant de s'occuper de vous ;
mais je connais son cœur ; dès que

Joseph lui aura parlé, il se rappellera
les promesses qu'il vous a faites : encore deux jours, si mon frère ne
vient pas, j'enverrai Clément droit à
Colmar. »

Deux jours se passent ; personne
n'a frappé à l'humble presbytère. Clément revêt son manteau, enfonce un
bonnet de peau sur sa tête, s'arme
d'un bâton noueux. — Eh bien,
madame, faut-il partir ? que fait
Joanna ? — Elle est bien mal, elle a
eu cette nuit une crise terrible ; son
visage décoloré porte tous les symptômes de la mort ; elle frissonne,
elle brûle tout à la fois. — Hélas,
s'écria Clément, le ciel veut peut-
être terminer ses déplorables jours.
Mon Dieu, prends pitié d'une âme

innocente. » En disant ces mots, il approcha du lit de Joanna. Elle était plongée dans un sommeil profond ; elle goutait ce repos mensonger qui accompagne un long épuisement. — Elle me paraît souffrante, poursuivit Clément. Allons, je vais trouver votre frère ; je reviendrai bientôt ; je vais voir pourquoi il ne vous écrit plus, et je serai de retour avant la nuit. »

Clément s'éloigne ; le voilà qui approche de Colmar ; le voilà qui traverse les ponts de cette ville ; il passe devant Underlinde, laisse les Ursulines à sa gauche, arrive près du monastère des dominicains, parvient à la place Saint-Martin, où se trouve la grande église gothique : c'est près de là, dans un édifice de peu d'apparence, soutenu par une arcade de quelques colonnes, qu'il espère trouver le monarque de l'Allemagne; mais les salles sont désertes ; les gardes ne se tiennent plus aux portes : Louis a quitté Colmar.

Le cœur affligé, Clément demande ce qu'est devenu l'empereur. On lui dit qu'il est parti pour la Bavière ; on lui rapporte les nouvelles du moment, le siége de Ribeaupierre. Il s'informe de Joseph : Louis l'a envoyé à Munich en toute hâte, pour y réprimer les troupes que Charles de Moravie cherche à soulever : on ignore ce qu'il est devenu depuis son départ ; mais sans doute il sera à la cour du monarque. Le vieillard baisse la tête à tous ces propos, et retourne à son hameau. — Madame, que fait Joanna ? — Elle est mieux maintenant, repart Monique ; et vous, Clément, avez-vous parlé à Joseph ? Pourquoi ne vient-il plus nous voir ? — Louis est en Bavière, il ne pense plus à Joanna ; Joseph l'a précédé : il vous a peut-être écrit, mais sa lettre se sera perdue au milieu du désordre. — Serait-il vrai ? ô ciel ! que m'apprenez-vous ! — Oui, madame ; voilà comme il ne faut jamais compter sur la foi d'un homme. — N'importe, je me suis engagée à secourir Joanna, je tiendrai ma promesse. » Clément raconte à la sœur ce que lui ont appris les habitans de Colmar ; il lui rapporte que Ri-

11*

beaupierre est vivement pressé par
le gouverneur. — Sans doute, ajouta-t-il, Joseph n'a pu donner de ses
nouvelles jusqu'à ce jour ; il est parti
précipitamment ; mais il ne nous
oublira pas. »

Comme il disait ces mots, de grands
cris retentissent dans Ingersheim ; on
voit courir des hommes armés, des
chevaliers, des soldats, des bour-
geois, qui tous se plaignent, gémis-
sent, s'enfuient vers les montagnes.
Monique s'informe de ce mouvement singulier. On lui apprend que
l'armée du gouverneur est en déroute, que la peste est à Colmar, et
gagne l'Alsace. Elle soupire. — Le
ciel nous punit ; mais nous avons
mérité sa colère. »

Le tumulte augmente, aux fuyards se joignent les paysans d'Ingersheim qui répètent avec les autres. — Sauvons nous, la peste est ici! » Les uns emportent leurs vêtemens, leurs armes, et se retirent dans les forêts; les autres, égarés, tremblants, pleurent, sanglotent, demeurent immobiles, comme s'ils étaient atteints du fléau qu'ils redoutent. Cependant la mort à marqué ses victimes; déjà ses symptômes affreux ont atteint les paisibles villageois; Monique ne peut les arracher à leurs malheureux sort; les mains tremblantes, elle ferme les yeux des vieillards et des jeunes gens. Tous, tous succombent: elle-même ne tardera pas à sortir d'une vie fragile, et misérable; mais elle

n'a point épuisé les peines d'ici-bas ;
avant de s'en aller pour toujours,
elle doit souffrir encore. Clément se
plaint tout-à-coup de douleurs
qu'il n'a jamais connues, un violent
étourdissement lui fait perdre connaissance. — Madame, lui dit-il, je
n'ai jamais éprouvé ce que je ressens
maintenant. — Bon-Dieu ? qu'avez-
vous donc ? c'est la fatigue, le chagrin. — Non, non ; je me meurs ! la
peste, ma frappé. » Le visage de Clément s'enflamme, son haleine est
empoisonnée, il se plaint de douleurs
affreuses ; une toux sèche et déchi-
rante fait crier sa poitrine. Monique
s'alarme, elle ne doute plus que son
fidèle serviteur ne soit à jamais perdu
pour elle. — Oh, s'écrie-t-il! que je souf-

re ? donnez-moi quelques gouttes
l'eau ! » Mais les soins de Monique
sont inutiles : il pâlit, soudain sa
bouche décolorée devient livide ; il
se lève, serre de toutes ses forces la
main de sa maîtresse, et rend le dernier soupir. Monique est plus grande
que l'infortune, elle soutient ce nouveau coup de l'adversité avec calme
et résignation. Le mire vient à son
secours ; tous deux livrent les restes
de Clément aux flammes ; ils font
transporter Joanna dans une ferme
élevée ; ils engagent les habitans à se
purifier, à changer de vêtemens, à se
tenir sur les hauteurs. Hélas ! la mort
n'épargne personne : bientôt Monique
succombe, et va rejoindre Clément ;
le mire, lui-même, est atteint d'un

fléau qu'il a combattu avec tant d'in-
trépidité. Joanna, seule, doit à sa
maladie d'échapper aux traits mor-
tels de la peste. Tout Ingersheim est
en désordre : les paysans retirés dans
les bois sauvages, pleurent leurs pa-
rens, que la mort a moissonnés, leurs
chaumières dont ils sont exilés, et
ces beaux jours dont il ne leur reste
que le souvenir. Heureux, trop heureux encore d'échapper aux atteintes
de la contagion !

Un vaste tombeau s'est ouvert; les
citoyens de tout âge, de tout sexe,
s'y engloutissent. A Colmar, les rues
désertes ne retentissent plus du pas
des soldats, des cris des marchands :
tristes et solitaires, on n'y voit que
quelques moribonds qui se traînent

n gémissant, et expirent sans con-
olation. La cloche funèbre ne cesse
le tinter tout le jour; de longs cha-
iots traînés par des bœufs, s'arrê-
ent devant chaque porte; le servi-
eur du devoir public monte dans
es habitations silencieuses, il en-
ève les dépouilles de ceux qui vien-
ent d'expirer, et les jette pêle-mêle
ur son lugubre char : quand la place
nanque, il se dirige vers le cime-
ière, et précipite tous les cadavres
ans une fosse immense.

C'est au milieu de cette désolation
énérale qu'Urgan, toujours infati-
able, revient, escorté de ses com-
agnons, piller, massacrer et s'enri-
hir. Il veut tenter de nouveaux suc-
ès : il appelle Michel, qui n'a point

voulu quitter la ville; il l'engage à
soulever les paysans, à s'unir au brave
Armleder, et à changer le gouver-
nement, dont il sera un des premiers.
Michel est soutenu par sa corporation, il est ami des bateliers : il jette
un cri de joie, répond de la victoire. Mais Fénestrange est averti de
la trame, et accourt avec ses chevaliers, abat l'insolent Urgan, dissipe les factieux, et malgré le péril
et la contagion, il parvient à rétablir
l'ordre à Colmar.

Cependant dans les cités, dans les
hameaux, la désolation est à son
comble, le reste des vivans suffit à
peine pour ensevelir les morts. Epui-
sés, accablés de fatigues et de douleurs, ceux qui échapent aux rava-

es, assistent aux funérailles d'un
ays entier. Partout ils entendent la
oche de l'agonie, partout on leur
t que la peste moissonne ses victimes.

Strasbourg, on compte déjà plus
e dix mille personnes enlevées (2);
Bâle, il n'y a plus de citoyens ; à
lulhouse, les cadavres jonchent les
aces publiques, et pas un homme
e viendra les relever, car pas un n'a
:happé à la mortalité (3).

De tous côtés les désastres régnent
a Alsace : à la guerre civile succède
ruine totale de cette province. Les
artisans d'Armleder, frappés de
rreur, bientôt après des avant-
oureurs de la maladie, se divisent,
pandonnent leur chef, leurs armes,
: courent à leurs hameaux où ils

2.   12

ne trouvent plus leurs familles : la mort ne les a pas attendus.

Armleder lui-même, jetant son casque et son épée, gagne Horbourg : il entre dans sa maison, il appelle sa mère, ses enfans ; il les demande, mais inutilement : ils sont tombés sous la faux empoisonnée, qui aba les têtes les plus superbes.

Il va frapper à la porte de Catherine. — C'est vous ! c'est vous, Kirkel ! dit cette pauvre femme, en se relevant un peu de dessus sa couche de paille ; grand Dieu ! que faites-vous ici ? nous mourons tous !

— Quoi ! quoi ! qu'avez-vous fait de ma mère ? et mes enfans, et ma femme ? ... où sont-ils ? je les aurai bientôt rejoints... —Ah ! Kirkel ! je

e croyais pas vous revoir... vous
ous avez tous abandonnés ! » Cathe-
ne ne peut continuer , et ses lèvres
ompriment , bégaient des paroles
intelligibles. Saisi d'horreur, Arm-
der s'élance hors de la cabane de
atherine. Il jette un coup-d'œil sur
orbourg ; il voit que toutes les mai-
ons en sont désertes ; il n'entend au-
in cri, aucun mouvement. L'épou-
ante l'emporte ; il passe l'Ill, il pro-
ène des yeux égarés autour de lui,
t court d'un pas incertain vers les
nmenses forêts, où Joanna pleurait
y a quelques mois, où Louis errait
ictime de ses assassins , où sa mal-
eureuse étoile le conduit pour y
ouffrir de nouveaux chagrins.

~~~~~~

CHAPITRE XII.

―――

> Où sont ces fils de la terre
> Dont les fières légions
> Devaient allumer la guerre
> Au sein de nos régions ?
> La nuit les vit rassemblées ;
> Le jour les voit écoulées
> comme de simples ruisseaux,
> Qui gonflés par quelque orage,
> Viennent inonder la plage
> Qui doit engloutir leurs eaux.
>
> J. B. ROUSSEAU.

PEU de temps, peu de jours ont changé la face des événemens en Alsace. Ce n'est plus un prince, jouet

quelques méchants ; ce n'est plus
ne femme appelant ses vassaux à la
bellion : les partis sont oubliés, les
ines ont cessé ; le cri des batailles
retentit plus dans les Vosges ; mais
son de l'airain guerrier, ont suc-
dé les lamentables plaintes, les
rmes et le morne silence des tom-
aux. La peste qui n'a pas encore
lenti ses ravages, a soufflé son poi-
on sur Ribeaupierre ; Jean est infor-
é de tous ses désastres ; il tremble
ordonne aux habitans de ne point
éloigner des murs de la ville. Il
it porter sur les remparts des ma-
ières combustibles, auxquelles on
et le feu (1) ; il prescrit la plus exacte
urveillance ; et pour être plus sûr
l'échapper à la mort, il monte au

12*

haut Rapolstein, construit à la cime
des Vosges, bâti au milieu des rochers, et battu de tous les vents. Là
revenu de sa première terreur, il
rend grâce au hasard qui l'a délivré
de ses ennemis.

Mais il apprend que malgré ses
précautions, la ville basse est en
proie à la désolation ; de la grande
tour, il entend le tintement lugubre
des cloches. Les habitants fugitifs
vont aux portes d'Ulrich implorer un
refuge ; Forgmann est insensible à
leur prière, ils sont renvoyés sans
pitié. Ils se présentent à Geirsberg,
ils reçoivent l'ordre de se retirer. Où
porteront-ils leurs pas ? s'ils veulent
gravir la montagne qui conduit à la

retraite de Jean, les gardes avancés les menacent de leurs flèches.

C'est ainsi que le comte parvient à s'isoler des dangers qui l'environnent. Mais détrompe-toi, Jean, la mort t'aperçoit, bravant ses atteintes du haut de ton fier château ; elle a fixé sur toi ses yeux rouges de sang ; elle prend son vol impétueux, elle agite ses ailes dans l'immensité, et déjà elle approche de ces tourelles où tu croyais pouvoir la défier.

— Olgard ! demande le châtelain à son mire, penses-tu que la peste arrive jusqu'ici ? — Impossible, seigneur ; tant que nous n'aurons pas de communication avec la plaine, nous sommes sûrs d'être à l'abri sur les hauteurs.

— Cependant l'on dit qu'à Ulrich il y a déjà quelques malades ? — Sans doute ils auront reçu des fuyards ? Forgmann aura eu pitié de ces misérables, et son imprudence a des suites bien terribles, puisque le trépas les accompagne.

— Oui, mais mon cher Olgard, sais-tu bien que nous manquons de provisions ; la saison s'avance, les chaleurs vont dessécher la citerne, et que ferons-nous quand la disette et la peste assiégeront notre porte !

— Seigneur, je conviens que vos paroles sont loin de me rassurer. Je ne vois aucun remède à opposer à deux ennemis aussi puissants que la peste et la famine.

— Quoi ! dans ton génie habile,

tu ne trouveras pas quelque moyen de purifier l'air, de nous permettre une descente jusqu'au torrent qui roule au pied de ces montagnes (2)?

— Toute ma science ne pourrait nous sauver !... mais, seigneur, si vous faisiez une chose?...

— Eh bien, Olgard...?

— Si vous quittiez en secret Rapolstein ? si vous passiez les Vosges et entriez en Lorraine ? vous n'y auriez plus rien à craindre.

— Que me proposes-tu ? cette idée ne m'était pas venue ! quoi ! j'irais en Lorraine ?

— Pourquoi non, seigneur ? avec votre haute réputation, vous ne pourriez qu'y être accueilli favorablement.

— Je n'y connais personne ... Ne serait-il pas préférable de gagner le Rhin et de me rendre en Allemagne? peut-être Marguerite existe-t-elle encore?

— Songez-vous que le pays qu'il vous faudrait parcourir est empesté, et que le passage d'une rive à l'autre est interdit?

— Tu as raison; mais si j'allais en Lorraine, m'accompagnerais-tu?

— Eh! qui demeurerait ici pour maintenir l'ordre et secourir vos sujets? il est de votre devoir de vous conserver, il l'est du mien de me dévouer à mes semblables.

— Bon Olgard! ta générosité mérite l'admiration de tous tes concitoyens.... On n'en dira pas autant

de Jean avec ses dignités et sa noblesse.

— Ah ! comte, ce n'est pas moi
qui suis digne de tant d'éloges ; c'est
à mon état qu'ils doivent être adressés ; c'est le titre que je porte qui
mérite votre admiration. — Ne me
parle pas ainsi ! ne me fais pas sentir
ce que tu vaux ; en te quittant, je
sais très-bien que je perdrai mon
meilleur ami ; si tu m'en croyais,
tu partagerais mon sort, nous ne
nous séparerions point.

— Eh ! qui resterait près de vos
malheureux serviteurs ? qui les con-
solerait dans l'adversité ? Je n'espère
pas les sauver, mais je serai leur
soutien ; je mourrai avec eux.

— Homme bienfaiteur de l'huma-

nité, tu mérites toute mon estime !
viens dans mes bras. Je te connais-
sais pour un loyal et fidèle sujet.....
mais les preuves que j'ai faites de ta
générosité, te rendent à mes yeux
plus cher que jamais. Je partirai ! »
Ces paroles furent prononcées avec
un accent qui fit tressaillir Olgard.

— Ah ! monseigneur, n'attendez
pas que vous ne puissiez plus sortir
de l'Alsace ; hâtez-vous de franchir
les deux chaînes de montagnes qui
mettent, entre nous et la Lorraine,
une barrière redoutable (3). Votre
nom vous ouvrira tous les châteaux;
vous pourrez y attendre le retour du
bonheur dans votre infortunée patrie. »

Jean reste indécis ; il rêve, il

:alcule les chances de son voyage ; à
a fin il sécrie : « Allons, c'en est fait ,
e te quitte ! mais que l'on ignore
non départ. Trompe la surveillance
le mes chevaliers ; je ne voudrais pas
qu'il fût dit que j'ai abandonné mes
gens comme un lâche. Demeure en
ce château ; commandes y avec toute
autorité ! tu m'es fidèle , dévoué.
Adieu , je cours me vêtir, et je t'attendrai dans le donjon , pour te donner mes derniers ordres. »

Cependant avant de s'éloigner,
Jean étudïe les visages, les mouvemens , les discours de ceux qui l'environnent ; il entend le plus grand
nombre gémir , et son esprit ombra-
geux se crée de sombres terreurs. Il
voit qu'Olgard est adoré de ses sol-

dats ; qu'ils l'aiment comme un père.
— C'est bien ! ils me resteront atta-
chés ! Adieu , mon ami ; je reviendrai bientôt près de toi te témoigner
ma reconnaissance. — Hélas ! reprit
Olgard, la contagion est au château ,
sans doute nous ne nous reverrons
jamais.»

Ulrich est abandonné ; le Geirsberg affamé n'a calmé les souffances
de la disette qu'en ouvrant les portes :
la mort s'y est introduite.

Rapoltstein est empoisonné comme
les autres. Les guerriers expirants
s'enfuient et portent avec eux le
fléau qui les dévore. Olgard n'a pu
resister aux exhalaisons mortelles de
l'air envenimé ; il succombe au milieu
de ceux qu'il secourait, et meurt

ontent de savoir son maître sauvé.

Jean est déjà loin dans la montagne ; l'effroi hâte ses pas au milieu
les rochers qui l'arrêtent. Fatigué,
puisé par la marche forcée qu'il a
aite, il s'assied sur un rocher, et là,
ombe dans une morne stupeur : de
istes, de déchirants souvenirs vien-
ent assiéger son esprit ; les plus
ruels remords déchirent son cœur ;
lui semble qu'il entend gémir ses
ères à ses côtés ; il ferme les yeux,
ais son imagination lui peint les
tres qu'il ne peut éviter et dont il
at le meurtrier.

— Lève-toi, fratricide, va-t-en,
éducteur de l'innocence, monstre
ouillé de crimes et d'infamies ; va-t-
en chercher dans quelque rocher

creux, un refuge à ta misère ; le ciel t'a condamné, les hommes t'ont maudit ; où tourneras-tu tes pas ? meurs donc, et rends grâce à la providence qui délivrera la terre d'un felon ! »

Jean se ranime : il fait quelques pas ; il perd connaissance ; il ne sait où il est : une affreuse convulsion a troublé sa raison ; mais bientôt, revenant à lui, l'infortuné se précipite au bas de la montagne ; il marche sans but, sans savoir où se diriger. Quel est donc ce délire qui s'empare de l'impie ? la peste l'aurait-elle atteint ? Il traverse des bruyères immenses, des genêts, des forêts de sapins, dont le sombre feuillage répand une clarté lugubre dans le ravin qu'il gra-

vit. Un torrent roule de roc en roc;
il y rafraîchit ses lèvres desséchées
par le feu qui consume ses entrailles,
et continue sa course.

Déjà la nuit approche; entre les
rameaux touffus, on distingue le
disque blanchâtre de la lune, qui se
promène sur l'horizon. Aucun bruit
ne trouble cette solitude, aucune
voix n'en réveille les échos. Jean,
seul, s'avance dans ce désert, et
maudit le sort qui l'oblige de quitter
ses domaines. Tout-à-coup il s'arrête,
met la main sur son épée : « N'a-
vancez pas ! tremblez ! ô vous qui
menacez Jean de Ribeaupierre ! » Il
se précipite, en parlant ainsi, vers
ses ennemis fantastiques, et s'aperçoit que les chevaliers qu'il voyait

13*

n'étaient que des ombres produites
par la lune.

Un moment après il croit ouir le
son d'une trompette, les plaintes
d'une femme, les gémissemens d'un
mourant, et ce sont les tristes accens
de la chevêche qui frappent ainsi son
oreille. Le jour vient détruire toutes
ses illusions. Jean regarde le soleil.
— Il est là, dit-il; allons toujours!
que le ciel fasse de moi ce qu'il lui
plaira! » Mais où tournera-t-il? il
n'en sait rien. Que veut-il devenir? il
n'y songe pas. Il erre au milieu des
rochers déserts, sans s'occuper de
lui-même, sans réfléchir à ce qu'il
fait. Ses yeux caves brillent d'une fin
sinistre : il s'assied, il court, il se jette
haletant sur la bruyère, et de nou-

eau recommence à marcher. L'enfer

e tourmente ; il voudrait échapper

ses atteintes, et plus il les évite,

lus ses progrès sont terribles ; enfin,

xténué par la fatigue, le désespoir

t la douleur, il s'enveloppe de son

anteau, et un sommeil pesant ferme

es paupières enflammées.

Il dort, le malheureux ! il rêve

eut-être au bonheur, quand l'infor-

née Joanna, qu'il a déshonorée,

nguit au milieu des rocs, repous-

e de toutes les chaumières, parce

u'elle est juive ; et cependant elle

ouche au terme de sa grossesse.

Pendant ce temps, la mort mul-

plie ses ravages : Strasbourg, Col-

ar, Mulhouse, Ensisheim, Bri-

ch, sont encore plongées dans la

consternation. Les soins de Fénestrange parviennent à les tirer de
l'affliction. Les plaines fertiles, où les
épis dorés se balancent au souffle des
vents, n'ont pas vu le laboureur gui-
der sa charrue et confier ses richesses
à l'espérance. Les pâturages sont flé-
tris; les vergers abandonnent leurs
fruits à l'oiseau des forêts. L'année
s'avance, l'été va brûler le feuillage
et les fleurs printannières. Mais le
ciel a eu pitié de l'Alsace : il a séché
les larmes de la misère, et fermé les
plaies d'un pays infortuné. Revenez, pauvres citoyens! rentrez dans
vos foyers! vous avez assez long-
temps vécu sur des rocs, au fond des
bois; revenez créer une société nouvelle, et relever l'Alsace de ses ruines!

Cependant la nouvelle de ce désastre n'était pas encore parvenue en Bavière, à la cour de l'empereur, lorsque ce prince, étant à la chasse, se sent soudain défaillir; il était seul, éloigné de ses piqueurs; il descend de cheval, s'assied sur la mousse, et aussitôt mille souvenirs occupent son esprit. A ce moment, ses gens le rejoignent; on l'aide à remonter sur son destrier; on le reconduit au palais, où les mires désespèrent de le sauver. C'est alors que Joseph se jette aux genoux du prince mourant, et lui rappelle cette Joanna dont il avait promis de faire le bonheur!—Grand Dieu! s'écrie-t-il, je l'ai oubliée! » Aussitôt il écrit une lettre secrète, sur laquelle il appose son sceau royal;

il la confie au frère de Monique :
« — Va, mon ami, retourne près de
ta sœur, porte à Joanna cette lettre...
Elle est sauvée ! dit-il encore. » Et il
expira dans les bras des nobles qui
l'environnaient.

Joseph, après avoir donné des
larmes à son prince, rassemble ses
épargnes, bride son coursier, et fend
l'air jour et nuit. Mais arrivé sur les
bords du fleuve qui sépare l'Allemagne de l'Alsace, on lui apprend
que la peste ravage cette contrée, et
qu'il sera perdu s'il touche l'autre
rive. Il voudrait la franchir, embrasser sa sœur, mais son propre intérêt
l'arrête et le presse de reculer. Il attendra du moins que le fléau soit
dissipé ; il gardera la lettre de l'em-

ereur comme un dépôt sacré ; dès
ue les communications auront re-
ommencé d'un pays à l'autre, il vo-
era à l'humble asile de Monique,
ù il espère trouver Joanna, dont il
ent le bonheur en ses mains.

Pendant ce temps, la mort de
ouis excite des troubles parmi les
rands (4). Charles iv, marquis de
Ioravie, fils de Jean, roi de Bo-
ême, élu par Clément vi et les prin-
es de son parti, est couronné pu-
liquement Empereur des Romains.
e nouveau monarque rétablit, par
n activité et son adresse, le calme
ésiré dans ses états. Il envoie des
ires savants dans les provinces que
peste désole : son règne est le reur de la tranquillité. Il parcourt

lui-même les régions de son empire
que des factieux plongeaient dans le
deuil. Il visite la Bavière, l'Allemagne entière, et s'apprête bientôt à
passer le Rhin pour aller recevoir les
hommages de ses vassaux, et fermer
l'abîme où tant de citoyens généreux
avaient à jamais disparu.

FIN DU SECOND VOLUME.

NOTES
DU SECOND VOLUME.

~~~~~~~~~~~~~~~~

CHAPITRE VII.

(1) Il arrive près d'un ruisseau......

Ce ruisseau, ou plutôt ce bras de la Thor, voit encore aujourd'hui : c'est près de là ie sont renfermés les animaux malades, ans une cabane isolée.

(2) La colchique avec ses pétales ɔses......

Fleur d'automne, d'un rouge pâle, à uilles droites et lancéolées. Cette plante a singulière propriété de voyager chaque

2.   14

année. Sa racine produit, sur l'un de ses
côtés, une petite bulbe qui est destinée à la
renouveler l'année suivante, de sorte qu'elle
ne croît jamais à la même place. Elle est
commune dans les prairies, en Alsace, depuis le commencement de septembre jusqu'à
la fin d'octobre.

(3) Des lianes de clématite......

Cette plante, à fleurs d'un blanc sale, à
feuilles ailées en falioles, en cœur, fleurit au
mois de juillet, et habite les forêts; elle
croît principalement dans les haies; sa tige
grimpante forme naturellement des berceaux
et des touffes de buissons fort agréables à la
vue. Elle est commune en Alsace, et surtout
dans les lieux que je décris, où elle se
trouve en abondance.

(4) Saint-Martin......

C'est le patron de Colmar.

CHAPITRE IX.

——❊——

(1) Les balistes......

La baliste était une des plus redoutables
machines de guerre des anciens : c'était une
certe poutre mise en tel contre-poids, que la
partie la plus épaisse, étant attirée par le
poids, descendait et remontait avec impé-
iosité, et envoyait bien loin une pierre fort
pesante, qui était liée avec des cordes.

(2) Des aggers......

C'était une levée de terre et de bois, ap-
puyée contre la muraille, d'où l'on lançait
es traits.

(3) Beliers.

Le testudo des anciens était couvert d'ais

et de cuir velu ; en dedans, était suspendue
une poutre, au bout de laquelle était attaché un fer nommé faux ou bélier. L'on ti-
rait cette poutre en arrière, et puis on la
repoussait avec violence contre les murailles.

(4) Les falariques......

C'était une machine à laquelle on attachait un fer où il y avait du soufre, de la
résine et d'autres matières combustibles en-
veloppées d'étoupilles, et arrosées d'huile,
que l'on nommait allume-feu. On la lançait
avec la baliste : en donnant un coup, elle se
se rompait, s'attachait aux tours, et les con-
sumait.

(5) Ingersheim......

Ce joli village est situé au pied des Vosges ; la Fœcht l'arrose. Il est riche en vignobles, en forêts, en pâturages ; et remarquable par son ancienneté. Les femmes y
sont charmantes ; les sites délicieux. Enfin
Ingersheim est un séjour enchanteur.

(6) Kieutzheim......

Kieutzheim , située dans une vallée , entre Kaisersberg et Amerschvir , est remarquable par son vignoble et ses poires , qui ont une fort grande réputation dans le pays. Elle dépendait autrefois de la seigneurie d'Holansberg. Dans les monumens antiques , on parle de Consheim , Kunsheim , enfin Kieutzheim, nom qui signifie ville de Cunon. On croit qu'ayant appartenue aux comtes d'Eguisheim, elle passa par la suite aux comtes de Ferrette; et de ceux-ci, aux princes autrichiens qui leur succèdèrent. Vers le temps du concile de Bâle, Jean de Lupfen , qui était seigneur de cette ville, l'entoura de murs et de fossés. Elle jouit du privilége d'être libre , jusqu'à ce que Vilhelm l'eût donnée en fief à l'Autriche. Les successeurs de Lupfen et de Schwendius avaient coutume d'habiter le château de Kieutzheim, dont on distingue encore les débris, bâtis contre les murs de la ville. Montelar, dans les siècles suivans, y plaça ses jardins. On remarque encore les restes d'un autre château, plus ancien que

14*

le premier, presque au centre de Kieutzheim,
où habitait la noblesse : on cite entr'autres
Hesse et Cunon, tous deux illustres dans le
moyen âge. Les tombes des princes de
Schwendius sont renfermées dans l'église
paroissiale de cette ville. Kieutzheim est
agréable sous tous les rapports. C'est là, au
milieu des vieux remparts et des tourelles bri-
sées, dans une habitation agreste et roman-
tique, qu'un de nos savans antiquaires con-
sacre ses loisirs et ses veilles à l'étude des
temps passés et des ruines de l'Alsace.

CHAPITRE X.

——✳——

(1) Kœnigsberg......

L'origine de ce château est incertaine ;
celle de ce nom ne l'est pas moins. Le vaste
circuit que ses murs épais embrassent, ses
tours élevées, ses souterrains profonds, sa

ce et sa situation même sur une mon-
gne rapide, ont dû le rendre inexpugnable.
n ne sait pourquoi il est appelé Estuphin
ns les chartres lorraines ; peut-être ce
m lui vint-il des princes de Staufen , alors
cs d'Alsace. Ayant passé depuis au pou-
r des Germains, il prit la dénomination
Kœnigsberg.

Schœpfl.; Als. ill. t. 1, p. 205 et 130.

(2) Vilé......

La seigneurie de Vilé s'appelait autrefois
tenberg. La petite ville de Vilé, située au
lieu d'une vallée, lui a donné ce nom :
portait autrefois celui de *vallée d'Albert.*
peut avoir sept lieues de long, sur qua-
de large. Vilé est entourée de murs et de
és ; sa situation est agréable ; elle est en-
nnée de ruisseaux, de prairies, de forêts,
vignobles et de champs fertiles. La Scare
a Brusche prennent leur source dans son
inage. Les châteaux d'Ortenberg, de
nstein et de Bilstein, n'en sont pas éloignés.

(3) Dambach......

Dambach, près de Schelestalt, fut bâtie
par Berthold de Bucheck, évêque de Strasbourg, l'an 1340. Le pape Innocent VIII parle
de sa fondation : il dit que les guerres et les
ravages qu'elles causaient, forcèrent les habitans du pays de bâtir des villes, et il cite
Tambach en particulier. « *Oppidum Tam-*
bach, mœnis turribus et fossatis munitum
construxissent. »

Voy. Kœnigshoffen chron., ch. IV, p. 258.
Vimpheling. in catal. epis., p. 84.

(4) Barr......

Deux chemins, en quittant la montagne
de Landsberg et de Truttenhausen, con-
duisent à Barr, petite ville jolie et indus-
trieuse, renommée par sa foire et son com-
merce de vin. Tout près, derrière cette ville
commence la vallée du même nom : elle se
prolonge entre des jardins fertiles et des vignobles, jusque dans l'intérieur des montagnes. Peu à peu les habitations dominent

t bientôt le sentier monte au milieu des ro-
ners de granit, jusqu'au château de Haut-
ndlau ; sur une montagne assez élevée,
gauche de la vallée, à une lieue de Barr,
: trouve celui-ci, tout-à-fait élevé sur le
mmet de la montagne ; sa situation et son
rchitecture sont différentes de toutes les
atres ruines des Vosges ; il paraît ne faire
u'un avec le roc de granit sur lequel il est
âti.

*Voy. Sibermann. Descript. du mont
Saint-Odile, p. 86 et 87.*

(5) Andlau.....

Vide Schœpflen, Als. illust., p. 163.

(6) Un nommé Zimberlin......

Vers l'an 1337, il y eut un gentilhomme
e Doroltzeim, et un autre d'Andlau, nom-
é Zimberlin, qui, ayant rassemblé une
oupe, allèrent attaquer Colmar,

Kœnigshoffen, p. 292, *ch. v.*

(7) Dorolsheim......

Ancienne ville près de Moltzheim, entourée de murs et de fossés.

Vide Conf., tom. 1, p. 720.

(8) Moltzheim......

Moltzheim, autrefois Mollesheim et Mol-
lisheim, entre Dachstein et Mutzig, est située sur la Brusche. Elle ne date guère que
du dixième siècle. En 1198, Philippe, roi
des Romains, s'empara de cette ville; mais
Frédéric II, en 1219, lui accorda le titre de
ville libre. Elle jouit d'une grande célébrité
dans les treizième et quatorzième siècles.

Koenigsh., p. 115 et 315.

(9) Fénestrange......

Vinstringen ou Fénestrange, d'une ancienne famille d'Allemagne, fut effective-
ment gouverneur à l'époque des ravages de la
peste en Alsace.

L. Lag., hist. d'Als.

(10) Zellenberg......

Cet antique château, bâti sur la cime d'une olline, était flanqué de tours et de hautes iurailles.

Voy. Mérian, topog. als.

(11) La porte de la Vierge......

C'était une des portes de Ribeaupierre.

(12) Le Sundgant......

C'est la partie méridionale de la Haute-Isace, qui touche à la Suisse, près du ara.

CHAPITRE XI.

———✳———

(1) Le château d'Ursingen......

Il fut bâti dans la forêt noire, par un des rinces Spoletains, qui selon Munster, était

frère du fondateur du Haut-Rapolstein. De
là vient que les seigneurs de ce dernier château et d'Ursingen, ont toujours usé des
mêmes armes : trois écussons en champ
d'argent.

(2) A Strasbourg, on compte déjà plus de dix mille personnes enlevées...

« Tandis que ces villes formaient ces desseins d'ambition et de révolte, la peste dont
nous avons parlé les plongeait dans une affreuse désolation : la ville de Strasbourg vit
périr jusqu'à seize mille de ses sujets. Les
autres villes ne firent pas à proportion de
moindres pertes.

L. Lag., hist. d'Als., p. 289. Alb. arg.

(3) La peste désolait toute la France......

Tout le monde sait qu'il y eut, au milieu
du quatorzième siècle, la peste la plus terrible dont l'histoire fasse mention, qui désola
l'Europe entière, et principalement la France
et l'Allemagne.

CHAPITRE XII.

————※————

Des matières combustibles aux-
es on met le feu......

n dit que pour purifier l'air, Hippo-
fit allumer des feux dans les rues
nes. D'autres prétendent que ce moyen
ployé, avec quelques succès, par un
in d'Agrigente, nommé Acron. »

Barthélemi. Voyage d'Anacharsis.

Le torrent qui coule au pied de.
ntagne......

t le Henback, qui baigne Ribeauvillé.

Les Vosges, cette barrière re-
able......

n n'est imposant comme cette chaîne
ontagnes hérissées de rochers et cou-
de sombres forêts. Les Vosges com-

mencent près de Langres, dans le dép
ment de la Haute-Marne, et se dirig
pendant vingt-cinq lieues, de l'ouest à
jusque près de Belfort; elles paraissent s
au bas du Jura. De là cette chaîne pren
direction vers le nord, et se perd da
département de la Sarre et dans la
des Ardennes. Elles sont généralement
mées de grès ou pierre de sable rouge,
le Bas-Rhin surtout; dans le Haut-Rhin
montagnes de granit, de roche feuilletée
corne, de pétrosilex, sont communes.
grande variété offre à chaque pas un
champ à faire sur la formation, le ch
ment et la dégradation des montagnes
montagnes calcaires y sont assez rares,
collines avancées, qui font la pente ve
plaine, sont formées de pierre de chaux
gyps, entremêlées d'argile: on y trouve
ment de la chaux fluatée et de la barite s
tée. Celles du Jura sont de nature calc
dont les bancs, paralèlles entre eux, ont
puis sept pouces jusqu'à trois pieds. Les Vo
offrent en général la forme paraboloïd
ce qu'on appelle ballon. Cette forme

articulière à ce pays, comme les aiguilles,
s pics, aux Alpes. Leur élévation ne sur-
asse guère 700 toises; elles montent gra-
1ellement, et les plus hautes sont séparées
:s plaines par des élévations intermédiaires;
urs sommets sont convexes et aplatis; leurs
ntes douces, presque partout couvertes de
rrain et de végétaux.

Annuaire du Haut-Rhin. 1811.

(4) La mort de Louis excite des
)ubles......

Jean, roi de Bohême, avait agi si efficace-
nt auprès de Clément VI, qui était toujours
Avignon, pour faire choisir, roi des Ro-
ins, son fils Charles, marquis de Moravie,
e plusieurs électeurs s'assemblèrent à Reintz,
:s de Coblentz, et l'élurent en effet en 1346,
vivant même de Louis de Bavière, qui de-
s longtemps occupait le trône impérial.
pape confirma l'élection de Charles, le di-
nche avant la Saint-Martin, et il fut cou-
né à Boan le jour de Saint-André, par
chevêque de Cologne. L'empereur Louis,

voulant prévenir les suites de cet attentat, convoqua à Spire les villes de l'empire, qui toutes parurent résolues de demeurer fermes dans son obéissance. Charles cependant entra dans la Bavière, où il fit quelques dégâts; mais lorsqu'il se disposait à porter ses armes plus loin, il apprit que Louis avait été frappé d'apoplexie, étant à la chasse près de Munich, et qu'il était mort le 5 des ides d'octobre 1347. A cette nouvelle, Charles ne perdant pas un moment, se rendit à Ratisbonne, et de là à Nuremberg, où il se fit reconnaître roi des Romains. Les comtes Evrard et Ulrich de Wirtemberg se laissèrent entraîner dans son parti, à l'appât de soixante-dix mille florins; mais ils furent bientôt ébranlés quand ils surent que Louis, marquis de Brandebourg, leur en offrait cent mille pour leur faire quitter la résolution qu'ils avaient prise de s'attacher au nouveau roi.

Cependant Henry, archevêque de Mayence, chagrin de voir que le pape l'avait déposé pour mettre à sa place Gerlac de Nassau, grand partisan de Charles, se ligua avec Louis, marquis de Brandebourg, Robert, comte pa

atin du Rhin, et Eric, duc de Saxe : tous,
le concert, présentèrent la couronne impé-
iale à Edouard, roi d'Angleterre, qui la re-
usa; ils choisirent ensuite Frédéric, mar-
[uis de Misnie, qui bientôt après céda ses
lroits à Charles, moyennant une somme de
lix mille marcs d'argent; ils jetèrent enfin
es yeux sur Gunther de Schwartzbourg, dont
out l'empire vantait la prudence, la valeur
et l'expérience dans le métier des armes.
Gunther accepta, le 30 janvier 1342, la couronne qu'on lui offrait; mais il mourut le
19 juin de la même année, et laissa Charles
seul maître de l'empire.

 *Voy.* L. Lag., hist. d'Als., liv. 1, p. 288.

FIN DES NOTES DU SECOND VOLUME.

LA JUIVE,

ou

L'ALSACE AU XIV.ᵉ SIÈCLE.

III.

À BEAUVAIS, DE L'IMPRIMERIE DE MOISAND.